BRÚJULAS QUE BUSCAN SONRISAS PERDIDAS

ALBERT ESPINOSA

BRÚJULAS QUE BUSCAN SONRISAS PERDIDAS

Grijalbo

El papel utilizado para la impresión de este libro ha sido fabricado a partir de madera procedente de bosques y plantaciones gestionadas con los más altos estándares ambientales, lo que garantiza una explotación de los recursos sostenible con el medio ambiente y beneficiosa para las personas.

Por este motivo, Greenpeace acredita que este libro cumple con los requisitos ambientales y sociales necesarios para ser considerado un libro «amigo de los bosques». El proyecto Libros Amigos de los Bosques promueve la conservación y el uso sostenible de los bosques, en especial de los bosques primarios, los últimos bosques vírgenes del planeta.

Primera edición: marzo, 2013

Printed in Spain – Impreso en España

ISBN: 978-84-253-4912-6
Depósito legal: B-1083-2013

Compuesto en Comptex & Ass., S. L.

Impreso en Romanyà Valls, S.A.
Capellades (Barcelona)

GR 4 9 1 2 6

Escrito durante el verano de 2012 en...

Menorca, l'Escala, Barcelona, Las Pungolas,
Buenos Aires, París, Londres,
Fuenlabrada, Córdoba y A Coruña.

Índice

Para vivir, hace falta vivir...
Creo que no deberíamos olvidarlo.

A.

1

EL FASCINANTE CHICO QUE SACABA LA LENGUA CUANDO HACÍA TRABAJOS MANUALES

Mi padre era el fascinante chico que sacaba la lengua cuando hacía trabajos manuales... No, él no me lo dijo nunca... Casi no nos hablábamos...

Lo leí en la dedicatoria de un libro que mi abuela le regaló en su octavo cumpleaños... Y él me lo regaló a mí cuando yo cumplí esa misma edad... Me hizo creer que era un regalo que había comprado especialmente para mí... No se imaginó que la dedicatoria que le escribió su madre delataría su mentira...

«Para el fascinante chico que saca la lengua cuando hace trabajos manuales: recuerda que puedes ser todo lo que quieras llegar a ser...»

Lástima que aquello no fuese dedicado a mí... Desde aquel día jamás he podido regalar nada que antes me fuese obsequiado...

Traumas de la infancia, al fin y al cabo es lo que somos cada uno de nosotros, traumas de la infancia...

Volví a verle después de muchos años, cuando su enfermedad le cambió... Quizá debería decir que le mutó... Sentí que debía hacerlo. Con mi hermano mayor hacía años que no se podía contar y, además, se lo prometí a mi madre justo antes de que ella muriese...

«Cuidaré de él... Te lo prometo... Cuidaré de él...»

Era mentira, no deseaba cuidar de él... Pero cuando la persona que te ha criado se marcha, le prometes todo y más...

Supongo que no es tan diferente de cuando naces... Esa persona que te crea y te cría también te promete mil cosas que no cumplirá... Y luego... Has de vivir... Y nadie te defiende, nadie te libra de los ataques de los otros... Ni de los de tu propia familia...

Por ello jamás pensé que fuera una promesa, tan sólo pronuncié una frase a la mujer que me crió... Pensé que no la cumpliría, él no se merecía que yo volviese, pero cuando llegó el momento, regresé...

Mi vida era extraña... O al menos yo sentía que lo era...

¿Sabéis cuando los días y las noches se confunden?

¿Cuando te metes en la cama y tienes la sensación de que es imposible que haya pasado otro día más?

Eso me ocurría noche tras noche, día tras día. Sentía que aquello no era vivir, era tan sólo notar cómo el tiempo transcurría alrededor de mis biorritmos... El tiempo fluía tan rápido que tenía la sensación de que un día la muerte me alcanzaría...

Pero no llegaba... Era tan sólo una sensación... Mi vida no era fácil... Habían pasado demasiadas cosas en poco tiempo...

Sentía... Sentía que no pertenecía al lugar donde estaba, que no me gustaban las costumbres y que tenía ganas de hacer algo diferente...

Y sabía que había tiempo... Porque muchas veces encuentro fotos mías de hace un par de años y me veo tan joven, con tanta fuerza, y presiento que dentro de aquellos ojos hay un espíritu capaz de todo... Aunque, eso sí, cuando lo viví, no me sentí así, sino que me notaba viejo y que aquellos retos estaban lejos de ser conseguidos...

Y es que siempre que miras fotos, descubres que todo era mejor de lo que tú creías...

No me sentía muy especial por tener esas reflexiones... Supongo que igual de diferente que los demás...

Todos tenemos en esta vida un momento en el que nos sentimos desconcertados...

Recuerdo que hubo un tiempo que por trabajo no paraba de visitar hoteles... Cada semana cuatro o cinco... Me sentía parte de ellos... Me encontraba bastante cómodo con aquella vida... Si es que puedes llegar alguna vez a estar cómodo en esas habitaciones de hotel...

Todo es tan falso en los hoteles...

La mesa que preside la habitación donde nunca escribirás...

Las cartas con sobres con el membrete del hotel que nunca enviarás ni saldrán de esa carpeta negra que los contiene...

Los potecitos del baño llenos de productos de colores que nunca utilizarás pero que seguramente acabarán en tu maleta... Luego en tu baño... Y un par de años más tarde en tu basura... Sin usar... Ciclo curioso de vida el de estos potecitos de colores... Aunque quizá no difiere tanto del de algunas personas...

Y hace unos años en uno de esos hoteles... Pasó algo que me alucinó...

Al ir a dormir... Encima de la almohada, en un papel negro, había una cita escrita con letra dorada... Era una cita de Voltaire...

«Quien cree que el dinero lo hace todo, acaba haciéndolo todo por dinero... Cuando sólo es rico el que sabe limitar sus deseos...»

Me entusiasmó el detalle de que alguien pensase en la idea de dejar sentencias nocturnas sobre almohadas, en lugar de bombones o pequeñas encuestas sobre la estancia en el establecimiento...

También me encantó la enorme letra dorada... En mayúsculas, sin faltas... Releí aquella cita hasta quedarme dormido plácidamente...

Sé que no la habían dejado allí para mí... Se notaba que era una frase estándar con la que todo el mundo puede llegar a emocionarse o empatizar...

No sé bien bien por qué a la mañana siguiente necesitaba encontrar al autor de aquella tarjeta...

Tres preguntas en recepción, un billete y enseguida lo

localicé. Era el conserje de noche, tenía sesenta y cinco años y una sonrisa que rebosaba felicidad...

Me contó que llevaba treinta años depositando frases sobre almohadas. Cada día citas de los más grandes...

Excepto el domingo, que se permitía citarse a sí mismo... Se sonrojó...

Cuando le pregunté por qué lo hacía... Me dijo que la gente vive tan veloz que a veces se va a dormir sin ninguna reflexión... Y eso no debería ocurrir... Y, mientras él vigilara aquel hotel, se encargaría de que aquello no ocurriese...

Se sonrojó de nuevo... No estaba acostumbrado a hablar sobre él y mucho menos a que le escucharan hacerlo...

La noche siguiente era domingo y yo aún residía en su hotel...

Esperé ansioso todo el día hasta que oscureció... Al llegar a la habitación estaba emocionado y deseoso de leer su cita...

Y allí estaba, en letra dorada sobre negro, perfectamente centrada sobre mi almohada...

Allí descansaba su reflexión dominguera, sus pensamientos privados y hechos públicos a extraños que pernoctaban en aquel hotel...

La cogí sin mirarla. Lo llevé a la pequeña terraza... Me serví un gin tonic del minibar...

Más botellitas pequeñas, aunque éstas casi siempre vaciadas y disfrutadas... Saqué un cigarrillo, me lo fumé sin tragar el humo y disfruté de la lectura...

Y si los que mueren... Han descubierto una verdad...

Una verdad sobre el amor, sobre la amistad, sobre ellos... Y nosotros somos ignorantes...

Quizá es ése el sentido de esta vida, todos somos ignorantes que ignoramos cosas diferentes hasta que desaparecemos... El conocer la verdad nos permite marchar...

¿No podría ser así...?

5 de noviembre

A.

Me marché del hotel y conmigo vino aquella cita... Por la mañana, aquel conserje cuyo nombre empezaba por A no estaba, pero decidí firmemente que sólo volvería a aquel hotel en domingo...

Y sé que aquella frase no tenía mucho que ver con mi padre, pero justamente una mañana de un 5 de noviembre de bastantes años más tarde mi padre estaba muy enfermo y yo decidí volver a casa...

La cita vino conmigo... Era viernes cuando mi coche volvió a divisar la casa familiar y el lago que la coronaba...

Y en ese regreso no volvía solo... Me acompañaba un bagaje bastante brutal...

2

INSPIRAR OLORES DE VERANO PARA SUPERAR LOS INVIERNOS

Volver al hogar, volver a la casa donde me crié. Tenía la sensación de que no me traería nada bueno. Pero, como siempre, los cambios traen solapadas emociones. Y, sin saberlo, yo necesitaba una emoción. Tan sólo eso, una emoción... Pero aún no lo sabía...

Ese 5 de noviembre volví a casa. Hacía frío aquella mañana... Aquella inmensa casa había pertenecido a la familia de padre durante cuatro generaciones y el polvo que acumulaba cualquiera de las estancias lo demostraba.

Yo pasé mi infancia allí... Pasé mis mejores años y también los peores... O, al menos, ahora así lo recuerdo...

Aparqué el coche... Él estaba fuera, en la entrada de la casa, de pie, como esperándome...

Me observó mientras abría la puerta del coche...

Tardé en poner un pie en aquella tierra. No estaba seguro de si aquello era buena idea...

Venía sin nada, sin maleta, sin objetos, sin mi mundo... Todas mis pertenencias estaban a unos kilómetros de allí...

Dependiendo de aquel primer encuentro decidiría si realmente cumpliría mi promesa...

Él me seguía observando... Su rostro no reflejaba ninguna emoción... Tan sólo me miraba desde el porche.

Jamás imaginé peor recibimiento... Supongo que tampoco le agradaba mi vuelta, pero imagino que era consciente de que me necesitaba.

Mi padre estaba muy enfermo y él lo sabía... Ni tan siquiera los moribundos desean la soledad y creo que por eso aceptaba mi regreso...

La enfermera que le había cuidado el último año estaba un poquito más lejos que él. Cuando puse el pie en su tierra, él se alejó y la enfermera se acercó a mí...

Enseguida se disculpó por no poder seguir cuidando a mi padre. Debía marcharse porque tenía que estar con su propia familia.

Supongo que entre cuidar de un extraño o alguien de tu propia sangre, la decisión es fácil y clara... En mi caso no lo era tanto...

De camino del coche al porche me comenzó a dar información y consejos... Nombres de medicamentos, horarios de las tomas y una pequeña libreta donde todo aquello estaba apuntado...

Yo no escuchaba...

Jamás he sabido hacer más de dos cosas a la vez triunfando en ambas.

Bastante tenía con mirar a mi padre. Él me seguía observando aún desde la lejanía, casi al borde de la puerta de la casa, casi en las sombras...

Diría que el rostro de extrañeza hacia mí iba aumentando a la vez que el tono de voz de aquella enfermera iba disminuyendo...

Al llegar al porche parecía que la mujer ya había acabado de contarme lo importante... Se apartó levemente para dejarnos estar juntos...

Ya sólo me separaban un par de metros de él, los seis escalones que conducían a la entrada...

Necesitaba hablar con él... Saber qué deseaba de mí y qué podía ofrecerle yo...

Enfrentarme a él... Algo que desde hacía tiempo necesitábamos hacer.

La enfermera se alejó unos metros más cuando yo subí aquellos seis escalones... Mi padre me observaba, pero no dijo nada. Subió hacia la planta de arriba, donde estaba mi habitación... Yo le seguí...

Subir aquella escalera que tantas veces había sido el eje de mi pequeño mundo significó más de lo que podía imaginar.

Yo me marché de aquella casa para no volver a verle y, sobre todo, para prosperar... Y ambas cosas las había conseguido... Pero durante estos años también he sentido que cada uno de mis logros personales me ha llevado más lejos de mis raíces... Lejos de aquel hogar...

Odiaba volver... Tenía la sensación de que aquel camino de vuelta no tenía mucho sentido... Era fruto de una frase errónea dicha durante el instante de pérdida de uno de mis progenitores...

Cada escalón que subía suponía un nuevo argumento en contra de aquella decisión...

Llegué a lo que fue mi habitación durante años... Mi padre estaba cerca de aquel pomo de madera con mi inicial, aquella «E» gigante que grabé hace años en un día cercano a la Navidad. Pero él no lo giró... Lo hice yo...

Al abrir la puerta me inundó la melancolía...

El olor de mi infancia todavía residía allí. Era increíble que no hubiera desaparecido...

Parecía que se había mantenido hermético para que un día yo llegase, lo desprecintase y pudiera gozarlo de nuevo.

He estado en numerosos hoteles, casas, azoteas, y aquel olor jamás lo había vuelto a sentir...

Creo que era único... Cada mueble, cada libro, cada juguete que había en aquella habitación producía un aroma individual... La mezcla de todos ellos conseguía una fragancia irrepetible...

Ni aunque me llevase seis o siete objetos lograría reproducirlo en otra estancia...

Respiré una bocanada inmensa de ese aire tan personal y mágico...

Mi mujer siempre decía que cuando algo era irrepetible, había que respirarlo...

Ella inspiraba recuerdos...

Sobre todo olores de verano... Decía que los guardaba para cuando llegara el invierno.

No le gustaba el frío. Siempre me dijo que una parte de su cerebro albergaba olores de verano para combatir el invierno. Por eso, cuando nos pasaba algo bueno, me tocaba la nuca y me decía: «Inspira, inspira...».

La echaba tanto de menos... Ella murió en un accidente de coche... Aquel día yo estaba en el cine...

Siempre apagaba el móvil los jueves al cruzar la puerta de la sala de cine. Era mi manera de desinvitar al mundo.

Cuando salí, lo encendí y vi que tenía veintitrés llamadas perdidas. Temí lo peor. Llamé al buzón de voz con una mezcla de miedo y pavor.

Sabía desde hacía años que cuando la muerte te sacude, es insistente para que te percates.

Su coche había chocado contra uno de los arcenes, cruzado tres carriles, chocado contra el contrario y vuelta a cruzar los tres carriles...

No he podido volver a pasar por aquella carretera, doy los rodeos más extraños para no pisar aquel lugar.

Antes de que apareciese el mensaje en cuestión, escuché otros vacíos. Quien llamaba no se atrevía a dejar sólo la información, deseaba contactarme en persona...

Yo estaba justo en la puerta de entrada del cine... Encima de mí, seis carteles de películas otoñales; a mi alrededor, una multitud de gente que entraba en busca de emociones o para luchar contra su propio aburrimiento... Aquel aire acondicionado insano para la época en que estábamos me helaba medio cuerpo, la mitad que aún estaba dentro del edificio...

Y después de cuatro mensajes fallidos, apareció aquella voz neutra, parecida a las que me piden que me cambie de compañía de móvil...

«Diríjase al Hospital Miramar. Su mujer está grave. Ha tenido...»

Y el mensaje se cortó, se oyó un vacío...

Pero mi mundo ya había explotado. Me puse de cuclillas y sentí miedo...

Nadie se paró a preguntar qué me pasaba. El dolor ajeno tan sólo provoca extrañeza si es mostrado en público...

No sé cuánto tiempo permanecí inmóvil y en cuclillas... Fue como si mi cerebro se reiniciase, como si esperase que, al levantarme, todo aquello no hubiese pasado...

Y finalmente decidí moverme... No debía quedarme allí, tenía que actuar...

Cogí el móvil y la llamé... Supe que debía llamarla...

Quizá todo aquello era mentira... Una vez escuché que había gente que conseguía tus datos cuando comprabas tu entrada por internet, te llamaban y te contaban una historia para que te fueras a la otra punta de la ciudad y aprovechaban para desvalijar tu casa...

Sí, eso es lo que me había pasado, me convencí, aunque no tuviera ningún sentido...

La llamé y sonó el teléfono... Eso era buena señal... Tres timbres, cuatro... No lo cogió... Colgué...

Y de repente apareció el número largo, tan largo como el que me había llamado en las anteriores ocasiones, pero diría que los números diferían... Tardé también tres o cuatros timbrazos en cogerlo. Cuando lo hice, sonó una respiración...

Tan sólo eso, una respiración complicada, difícil... Y supe que era su respiración... La reconocería en cualquier modalidad... La he sentido llena de placer, con tos, en medio de un parto... La he escuchado en tantas ocasiones, cerca de mí, a través de puertas, en interfonos, gritándome, diciéndome «te quiero»...

La reconocí, aunque jamás la había sentido así, a punto de apagarse...

—Hola, cariño... —dijo entrecortando cada sílaba.

Supe que todo era verdad...

—¿Dónde estás? ¿Dónde estás? ¿Dónde? —pregunté mientras corría desesperadamente rumbo a mi coche.

Creo recordar que no corría con aquella desesperación desde niño. Nada había vuelto a generar en mí una prisa tan grande para llegar a buscar esa velocidad.

No tenía claro dónde había aparcado. Al ir tan a menudo a aquel cine, muchas veces acababa confundiendo antiguos lugares de aparcamientos con nuevos...

—No llegarás a tiempo... Lo siento... Lo siento...

Y su voz se apagó... Su respiración cesó...

Seguidamente apareció otra respiración que desconocía, sonaba a enfermera o médico... Esa otra voz deseaba compadecerme, pero no era el instante ni el momento... Le colgué...

Ella, muerta... No podía ser... Y el «lo siento»... ¿Por qué «Lo siento»? Automáticamente pensé en las pequeñas... ¿Las tenía que recoger ella o yo? ¿A quién le tocaba ese día?

Ese «lo siento» no comprendía si se refería a su muerte, al accidente, a dejarme solo con las niñas o a lo otro, a lo que estaba temiendo... A que pudieran estar junto a ella...

Recuerdo que en aquel instante, cerca de aquel cine, al saber aquella noticia, decidí salir del mundo... Y si sales del mundo, puede que no vuelvas a entrar...

—¿Te instalarás aquí? —dijo padre...

Su presencia justo tras de mí me sobresaltó... No pude más que atragantarme y toser... Me había ido lejos...

Me miraba tan fijamente que tuve la sensación de que sabía lo que yo había estado pensando.

Devolví el aire a su hábitat... A lo que fue siempre mi habitación...

No me separaba casi ningún centímetro de padre. Estaba muy cerca, algo inusual en él, que siempre marcaba las distancias. Su propio olor se hizo intenso... No inspiré, no deseaba conservarlo.

—¿Te instalarás aquí? —volvió a preguntar.

Mi padre jamás ha dicho nada de forma clara.

Es por ello que no debías fijarte en qué preguntaba, sino en lo que no decía. Siempre había un motivo oculto en las cuestiones que te formulaba. Mi padre nunca fue fácil. Quizá por ello no lo amé jamás...

—No lo tengo claro aún... ¿Tú prefieres que me instale en otro sitio? —indagué.

Lo mejor era no responder jamás a sus preguntas. Rodearlas. Mirarlas de lejos, tantearlas...

—Haz lo que quieras. Si prefieres irte a otro sitio, puedes hacerlo... Decídete y ven pronto, tenemos trabajo...

Y se marchó hacia su despacho, que estaba al final de aquella planta...

Le miré caminar. Su forma de andar siempre me había fascinado... Siempre había sido equilibrada, rápida y veloz...

Pero en aquel instante ya no lo era. Caminaba de forma inestable...

Es increíble cómo la enfermedad se instala en tu forma de caminar y te quita parte de tu propia esencia...

Y es que, aunque quisiera olvidarlo, mi padre estaba muy enfermo... Dos problemas graves lo acechaban... Ni tan siquiera para morir lo iba a poner fácil...

El alzheimer era lo que ponderaba... Lo tenía desde hacía años, pero lo llevaba latente... Creo que luchaba tanto contra la desaparición de sus recuerdos, que el alzheimer no había podido arrebatarle casi nada...

A veces compadecía a esta enfermedad, jamás habría encontrado tan duro oponente... Sus preguntas trampa, sus cuestiones círculo seguro que habían desesperado a aquella necia enfermedad...

No tenía ninguna duda de que cada recuerdo fue negociado, jugado o pactado antes de ser olvidado...

No era fácil vencerle. Yo nunca le vencí.

Pero algunas luchas están condenadas a perderse...

Y cuando hace unos años el cáncer atacó a mi padre, su derrota comenzó... Demasiados frentes le obligaron a flaquear... Y fue cuando el alzheimer aprovechó para hacer de las suyas...

A mí me recordaba... Quizá porque nuestras discusiones fueron épicas... Siempre le llevé la contraria... Sobre todo en la última época antes de marcharme de casa, luché contra su autoridad...

Me dirigí hacia el final de aquella planta, no sé qué podía correr tanta prisa, ni qué trabajo debíamos hacer...

Pero hay conversaciones en la vida que deseas extraértelas aunque provoquen dolor...

Y allí estaba padre, sentado en su despacho... Casi no me atreví a cruzar ese umbral.

De pequeño, aquella puerta casi siempre estaba cerrada a cal y canto...

—Si está cerrada, no entréis. Vuestro padre debe trabajar en absoluto silencio... —nos susurró madre a los cuatro hermanos hace años ante aquel mismo umbral...

Creo que durante mis primeros catorce años de vida, aquella puerta jamás se abrió para nosotros... Él casi no nos hablaba...

Su pasión era otra: el cine... Amaba el cine, los fotogramas, las actrices, los diálogos, más que a cualquiera de nosotros...

Yo creo que fui una escena descartada que jamás deseó...

Me rodó, pero no le gusté...

Notaba que me miraba siempre con la sensación de trabajo mal hecho...

—Pasa... Siéntate... —me dijo mientras encendía una de sus míticas pipas.

Creo recordar que jamás me había invitado a entrar...

El olor de su tabaco, que siempre se filtraba por toda la casa, fue apreciado por primera vez sin ninguna puerta que lo impidiera...

Decidí entrar...

Temí que, si no lo hacía, jamás tuviera una segunda oportunidad.

Me senté en la silla delante de él... Con una mezcla de respeto y miedo...

Supuse que deseaba hablar de su enfermedad, de cuando le llegase la muerte, de las cuestiones del testamento, del entierro o de la incineración... O quizá tan sólo de las normas en cuanto a mi presencia en su casa en esos días si me quedaba a cuidarlo...

Yo tenía respuesta para todo. En el viaje de vuelta al hogar me había planteado qué contestarle preguntara lo que preguntase. No me sacaría de quicio, no me enfadaría... Lo tenía claro...

—Todo saldrá bien —dije en un tono conciliador antes de que hablase.

Me miró y asintió...

Quise añadir un «padre» al final, pero no deseaba tanto vínculo.

Recuerdo que dos días antes de decidir volver al hogar... alguna gente cercana me dijo que aquel viaje a mis raíces me cambiaría.

Aquellos amigos especulaban con que aquello era una oportunidad, que por fin haría las paces con él, que lo aprovechara...

Pero no les creí. La gente es tan falsa... Desde hacía un año no creía a nadie... Pasó algo y todos me dieron la espalda... No quiero decir que no estuvieron a mi lado, allí estaban los primeros días, pero después desaparecieron... Todos tenían cosas que hacer, rumbos que tomar, familias u otros amigos con los que estar...

Siento parecer tan negativo... Pero es lo que pienso...

Tengo la teoría de que la gente no te desea suerte en la vida, ni en el amor, ni en el trabajo esperando que esas buenas cosas se apoderen de ti... Todo el mundo va a la suya, excepto una o dos personas en tu vida...

El resto habla por hablar, se comunica con frases que ha escuchado en una película o que alguien le ha dicho... Pero no lo sienten...

Sé que hablaba parte de mi rencor... El haber perdido a alguien importante hace que el mundo se te desancle...

Pero sigo pensando cómo podían opinar aquellos amigos, darme esos consejos sobre el reencuentro con mi padre, si no sabían la historia ni conocían a mi padre, ni tampoco las razones que nos habían distanciado...

¿Cómo osaban tan siquiera opinar sin entender nuestro entorno, nuestras diferencias, nuestra familia...?

Y es que, desde hace un año, ya no confío en la gente...

Todos tienen intereses... Se acercan o se alejan por intereses...

Me daba rabia sentir aquello, quizá porque me asemejaba a las opiniones de aquel hombre que estaba delante de mí fumando su pipa...

Él tampoco confiaba en nadie... Creo que nunca confió en alguien... No lo sé, no lo conozco tanto...

Quizá la gran diferencia con él es que yo creía en mi sangre, en mis hijas, en mis gemelas...

Y él, en cambio, nos metía a todos en el mismo saco... Familia o no familia... O si no, ¿cómo se entendía todo lo que había pasado...?

Y fue entonces, mientras yo tenía todos aquellos pensamientos, cuando me miró y dijo la frase que no me esperaba...

La pregunta a la que yo no tenía respuesta y que jamás me hubiera imaginado que me haría...

—Quiero un rodaje fácil, quiero actores que sepan lo que hacen, un equipo con ganas de disfrutar, una única localización, y deseo que para el lunes podamos comenzar. ¿Podrás organizarlo?

Le miré... Le observé...

Intenté comprender a qué se refería y si estaba realmente hablando conmigo.

—Sé que eres el mejor ayudante de dirección y necesito de tu colaboración. Confío en ti.

Jamás he sido ayudante de dirección...

Jamás ha necesitado mi colaboración...

Jamás ha confiado en mí...

Tres mentiras en una sola frase...

No era él, era el alzheimer haciendo de las suyas...

Se acercó a mí...

Puso la mano en mi hombro y dijo...

—Mañana sábado localizaremos los exteriores... Comienza a contratar a mi equipo habitual... Consigue un coche. Nos vemos a las ocho de la mañana delante del lago...

»Puntualidad es lo primero que pido... Profesionalidad, lo segundo... Inteligencia, soluciones y respeto es lo tercero... ¿Me lo podrás dar?

El silencio se apoderó del instante... Su mano pesaba sobre mí...

Me miró. Tardé en contestarle... Finalmente dije...

—No se preocupe, a las ocho estaré allí... Y puedo darle las tres cosas...

No sé por qué le mentí... No sé por qué lo hice, pero él apretó mi hombro con fuerza y se marchó... Creo que jamás había apretado mi cuerpo tan fuerte en toda su vida... Diría que hasta había algo de cariño en aquel gesto...

Sentí algo parecido a la violencia cuando me tocó, pero también sentí algo parecido a la felicidad...

Quizá fue eso lo que me hizo seguirle el juego... Quizá era lo que necesitaba...

3

PUÑOS CERRADOS LLENOS DE SONRISAS ABIERTAS

Y allí estaba, en su despacho, con el olor de su pipa rodeándome y el rastro de su presencia en mi hombro...

Y es aquí donde... Antes de seguir... He de volver a un sitio con vosotros...

He de presentaros a madre...

El olor de madre también residía en aquella habitación... Y también su imagen... El rostro en primer plano de madre estaba pintado en el retrato que le hizo mi hermano, el gemelo pequeño... La firma ya no se veía... Se había desteñido... Ser desterrado por tu propia pintura tiene que ser muy doloroso...

Madre murió el mismo año que me marché de casa... Y la muerte de madre era lo único que me había vuelto a traer...

Supongo que si no os explico quien es madre en mi vida, no entenderéis por qué había aceptado fingir y seguirle el juego a aquel hombre cuya vida estaba a punto de desaparecer...

Madre murió un verano... Un día de verano muy caluroso, un 5 de agosto...

Yo siempre tengo la sensación de que fue el día de verano más caluroso de la historia... O al menos ahora es lo que siento... Ya nadie puede llevarme la contraria...

Quizá los días épicos necesitan de temperaturas extremas...

Aunque madre no murió aquel día de agosto. Madre murió durante todo aquel año...

O al menos es lo que mis tres hermanos y yo sentíamos...

Durante aquel largo año, ya nadie podía casi molestarla, nadie podía gritar, nadie podía reír cerca de ella...

No eran normas de madre, sino de mi padre, que chocaban frontalmente con la esencia de un chaval de quince años...

Pero las cumplimos... Así que ni gritábamos, ni reíamos, ni la molestábamos... Silencio alrededor de madre, aunque ella siempre nos permitía quebrantar aquellas estúpidas leyes...

Y es que podíamos verla cuanto quisiéramos... Me gustaba ir a su habitación... Daba a la parte posterior del lago...

Ella siempre sonreía cuando yo entraba... Las sonrisas no estaban prohibidas...

En cambio, yo jamás sonreía cuando entraba a verla...

El olor a medicamento y a habitación cerrada me ponían muy serio... Y recuerdo que ella sonreía todavía más cuando me veía entrar así y me preguntaba justo en el instante en que yo me sentaba en su cama...

—¿Has perdido todas las sonrisas? Tengo una en el puño...

Y me mostraba su puño cerrado.

—Si quieres te la regalo... Abro el puño y la coges al vuelo...

Y ella abría el puño y yo sonreía... Era automático...

Pero yo enseguida dejaba de hacerlo y ella volvía a la carga.

—Tengo otro puño y en él hay una sonrisa de oreja a oreja... ¿La quieres?

Y abría nuevamente el puño y yo sonreía de oreja a oreja... Jamás le falló el truco...

Jamás le faltaban sonrisas en los puños...

Y me estiraba en la cama junto a ella y hablábamos durante horas...

No me preguntéis de qué, porque lo olvidé. Pero ella conseguía sacarme muchas palabras y opiniones... Jamás había silencios con ella... Era la persona más vital que he conocido...

Luego me he encontrado con gente que habla pero que no siente lo que cuenta, y entonces mi desinterés es automático...

Con madre jamás me pasó...

—¿Se quedará?

La enfermera rompió aquel instante de recordar y observar el rostro de madre...

—¿Se quedará hoy?

No podía, realmente no era algo que pudiese hacer...

—¿Hasta qué día se puede quedar cuidándole? —respondí.

—Hasta mañana por la tarde. El lunes tengo que estar con mi familia.

Aquel «mi» volvió a sonar profundo... Para mí no existían esas dos palabras... «Mi familia»... No sabía qué hacer... No sabía si responsabilizarme de padre...

Supongo que si en aquel despacho mi padre me hubiese hablado de su enfermedad, de sus miedos y de que necesitaba mi ayuda, la decisión hubiera sido más fácil...

No le hubiera ayudado... Con razones, matizándolo, ofreciéndole mi dinero para conseguir otras formas de que hubiera estado bien cuidado...

Pero aquel no era mi padre... No sabía qué hacer...

—Volveré mañana...

Me marché.. Huí... Creo que ella lo notó... Pero es lo que en aquel instante necesitaba...

Cuando entré en el coche respiré... Sentía algo parecido a una taquicardia...

Su presencia aún me imponía...

4

COSQUILLAS EN EL PULMÓN

Conduje de camino a la casa donde estaban todas mis posesiones y las cosas que me importaban... Hice varias paradas antes de llegar... Comí solo, paseé... Necesitaba pensar en lo que había sentido en aquella habitación...

Todo lo que tenía en este mundo residía en la casa de la mujer de mi hermano... Aquella casa siempre había sido neutral.

Y ella, la mujer de mi hermano, siempre me gustó. Me daba paz. Cuando le comenté si podía quedarme un día en su casa porque debía ver a mi padre, ella no puso ninguna complicación, ningún problema ni ningún inconveniente...

Ella ahora vivía sola con su perro... Pero aquella casa seguía siendo un lugar neutral... En vida de mi hermano ya lo era... Siempre pensé que era ella quien le daba esa tranquilidad al lugar...

Me alegraba que no estuviera sola... Byron la cuidaba... Recuerdo cuando llegó aquel cachorro, aquel perro soñado por ella desde pequeña.

Su amor por los perros, su deseo de tener uno, me lo expresó la noche de bodas, en medio de un baile extraño en el que hubo una conexión mágica entre nosotros.

—¿Tu sueño es tener hijos pronto? —le pregunté.

Ella bailó bastante antes de contestar... Tan sólo me dio una respuesta muy corta, susurrada...

—Antes deseo tener un perro... Nunca me dejaron tener uno...

Deseaba tener ese perro porque jamás se lo habían permitido... Traumas de la infancia...

Siempre he creído que es lo que somos... Traumas de la infancia... Lo que te prohibieron, lo que no te dieron, lo que te obligaron a aceptar y lo que te arrebataron crean tu carácter.

Ella añoraba tener un perro. El día que lo tuvo, bueno, más bien el día que lo encontró, el trauma se desvaneció...

Recuerdo aquel instante, hace casi siete años...

Ella fue al buzón de su casa, como hacía cada mañana a primera hora... Y desde dentro del buzón se escuchaban ladridos y cuando lo abrió encontró aquel pequeño fox terrier. Había lamido todas las cartas y hasta se le había pegado un sello en medio de los ojos. Parecía que lo habían enviado certificado.

El grito de alegría que ella emitió fue increíble. Hacía tiempo que no escuchaba a nadie gritar con tanta pasión... Aún reside dentro de mí ese sonido...

Ya casi no quedan sorpresas de verdad y, supongo que

por ello tampoco emociones reales en forma de respuesta... Y quizá por ello, cuando te encuentras con una, te fascina tanto...

Jamás le dije que aquel cachorro se lo regalé yo... Jamás... Ella siempre pensó que aquel perro se había perdido y había acabado escondido en su buzón para protegerse del frío.

Ambos congeniaron al instante. El sello que llevaba en la cabeza era de aquellos de coleccionista, dedicado a grandes personalidades, en este caso a Lord Byron.

Ella tuvo claro al instante cómo se llamaría: Byron... «Byron», dijo dos o tres veces en voz alta... Y Byron ladró como si ése fuese su nombre...

Aquel día me miró y volví a sentir aquello tan extraño que nos unía... No sé por qué había aquella magia tan especial entre nosotros... Y es que no era exactamente atracción física. Jamás nos habíamos besado ni nos deseábamos... Ni tampoco habíamos hablado mucho de nada excesivamente importante...

A veces pienso que todo el odio que mi hermano y yo nos teníamos, ella lo transformaba... Si ella estaba cerca, yo podía estar con mi hermano y no llegar a sentir odio. Era como un catalizador de buena energía...

Y ella era así, porque la mujer de mi hermano poseía una cualidad que yo ya hacía años que había perdido... Era una mezcla entre sencillez y humildad...

Escuchaba de una manera que te hacía sentir cómodo,

y jamás parecía desear nada de ti... Daba la sensación de que nunca perseguía quimeras ni imposibles...

Mi hermano tuvo suerte. Lástima que la muerte le llegase tan pronto... Ella superó su pérdida de la misma forma que se tomaba todo en la vida, con suma tranquilidad...

Tan sólo en el entierro la noté totalmente perdida...

Aquel día Byron no se separó de ella. Le lamía la mano izquierda cuando notaba que ella se marchaba demasiado lejos... Y ladraba a los que se le acercaban o se quedaban demasiado rato dándole las condolencias...

Yo no supe qué decirle cuando me acerqué... Acabé jugando con el perro.

¿Qué le iba a decir...? No sabía qué era perder a tu pareja... Sentí que cualquier cosa que dijera sería falsa... En aquellos instantes no esperaba que, dos años más tarde, la muerte me sacudiría a mí de la misma forma y perdería a mi esposa...

Ella también vino a visitarme al tanatorio donde reposaba el cuerpo de mi mujer... Estaba a casi doscientos kilómetros del cementerio de su marido, pero existían un dolor y una frustración bastante semejantes... Y sobre una misma búsqueda tortuosa de porqués...

En su cementerio sólo se divisaban campos y bosques... Aquel tanatorio daba a una carretera donde no paraban de pasar coches.

Gente que iba a toda velocidad en ambas direcciones...

Yo estuve casi todo el tiempo en aquella terraza mirador con vistas a la carretera... Sentía que mirar coches me relajaba... Ver el cuerpo sin vida de mi mujer se me hacía demasiado doloroso...

La gente que venía tenía que ir hasta el mirador del tanatorio a darme el pésame. Se quedaban poco rato, pues el ruido de los coches era ensordecedor... Además, su muerte estaba tan relacionada con los vehículos, que ver todo aquel tráfico producía un efecto cortante y chocante.

Cuando la mujer de mi hermano llegó, no dijo nada. Le pasó como a mí... Y allí no había ningún perro con el que jugar...

Se ofreció a cuidar de mis gemelas el tiempo que necesitase. Fue la única persona que lo hizo... El resto me decía: «Lo que necesites... Cuando lo necesites...». Pero eran palabras vacías, nadie ofrecía nada en realidad... Sólo palabras vacías...

Ella me dio algo que realmente necesitaba y yo acepté inmediatamente.

El primer mes sin mi mujer lo pasé borracho... No me sentí nada culpable...

Las gemelas estaban bien cuidadas y yo necesitaba descuidarme.

Sabía además que los valores que ella les estaría inculcando tendrían una fuerza incalculable.

A partir del segundo mes, me las llevé a casa... Pero, cada dos o tres meses, se las dejaba un par de semanas... Siempre lo hacía cuando todo me superaba y el dolor se hacía complicado de soportar... Y aquello pasaba a menudo...

Ella era terreno neutral... Me hacía sentir bien... Jamás hacía preguntas, jamás daba sermones, jamás solicitaba explicaciones.

De mis hermanos nunca hablábamos. Ella sabía que algo había ocurrido entre todos nosotros, pero nunca preguntó sobre el problema que me había alejado de su marido y de mis otros hermanos...

Creo que siempre comprendió que éramos una familia rota y que eso no lo soluciona alguien de fuera...

Quizá por ello le había pedido instalarme allí antes de ver a padre... Pero no había resultado como esperaba...

Regresaba de su casa y sabía que no había obtenido lo que buscaba... Al volver a casa de la mujer de mi hermano, Byron salió a lamerme, como notándome ese sentimiento...

Aquel perro me tenía un cariño intenso mezclado con un respeto eterno... Siempre he tenido la sensación de que sabía que era yo quien lo había depositado en aquel buzón...

Ella estaba fuera, en el jardín, jugando con las gemelas... Las dos corrían hacia ambos lados y chillaban...

Hacía pocos meses que habían conseguido esa habilidad tan complicada que es el andar y no paraban de explotarla... Con los años la olvidamos, la interiorizamos y no nos parece nada mágica. Qué absurdos somos...

Mi presencia no alteró a las gemelas. Tampoco lo hacían mis ausencias...

Ella me miró. Creo que mi cara era de circunstancias. Lo notó... Se daba cuenta de casi todo...

—¿No ha ido bien?

—Cree que va a rodar una película —contesté.

Ella no dijo nada. Creo que sabía de qué le hablaba... Ella todavía lo visitaba de vez en cuando.

—¿Ya lo sabías?

Ella sonrió sin dejar de jugar con las gemelas...

—El otro día me hizo un casting para un papel principal. Fue bonito —dijo sin darle casi importancia.

—¿Bonito?

—Sí, me hizo hablar sobre mí, los motivos por los que deseaba aquel papel. —Hizo una pausa—. Nunca le había visto escucharme tan atentamente.

—¿Por qué no me lo dijiste? —inquirí.

Ella no contestó. Tan sólo siguió jugando con las gemelas... La respuesta era tan obvia. Supongo que deseaba que fuera a verle sin prejuicios.

Me senté en el césped... Byron se colocó muy cerca de mí y me lamió, esta vez la cara... Intentaba animarme...

Las gemelas jugaban entre ellas, se disputaban un payaso que llevaba tiempo sufriendo una mala vida. Alguien debía darle la jubilación, se lo merecía...

Al rato ella también se colocó al lado de Byron...

—¿Te ha hecho un casting también?

—Cree que soy el ayudante de dirección de su última película.

Ella se rió. Yo también... Era tan absurdo todo aquello...

—Ese cargo parece importante, ¿no? —añadió.

—Sí, lo parece.

—¿Y qué hace un ayudante? —me preguntó.

No supe qué contestarle, no lo sabía exactamente. Jamás me había interesado mucho el trabajo de padre.

—Supongo que ayudar... Ayudarle... Y eso jamás se me ha dado bien.

Se hizo un silencio.

—«Voy» vive cerca de aquí. A tres calles —dijo sin darle excesiva importancia a aquel dato.

Voy había sido el ayudante de todas las películas de mi padre. De pequeño, todos los hermanos le llamábamos así porque siempre estaba dispuesto a hacer todo lo que mi padre le pedía y lo demostraba siempre diciendo «voy».

Voy debía de tener ya casi noventa años... Siempre me había gustado Voy... A nosotros nos dispensaba el mismo trato que a padre. Le podías pedir favores, cromos, canicas o bebidas y siempre respondía con su obediente «voy».

Un «voy» que nunca sonaba igual. Tenía mil matices y pronunciaciones dependiendo del instante, el lugar y el tiempo que tardaría en conseguirte lo que deseabas...

Estaba muy delgado y en su rostro se marcaban todos y cada uno de sus huesos. Era un tipo bastante serio y tenía un inhalador de asma que era su compañero inseparable. Aspiraba cíclicamente cada quince minutos. No sabías quién le daba la vida a quién...

De pequeño siempre pensé que Voy necesitaba energía extra para hacer todas las cosas que le pedían y la sacaba de allí... Aquel aparato era un poco como el corazón de Voy... O su alma...

Esas cosas pensaba cuando era pequeño... Luego esos pensamientos se fugaron... La muerte de madre me los arrebató...

Recuerdo que un día le robé su inhalador... Quería tener su energía, quería respirar como cualquier otro niño... No sé si para que padre me quisiera, para curar mi defecto o para ser tan eficiente como Voy...

Después de robárselo, respiré siete u ocho veces seguidas lo que salía de aquel aparato porque deseaba transformarme...

Acabé en el hospital... Voy nunca se chivó a mi padre...

Recuerdo que sólo me dijo: «Tu inhalador lo tienes por todos lados... Aprovéchalo cuando lo necesites...». No entendí qué quería decir...

Tras la muerte de mi mujer, volví a recordar esa frase y muchas veces respiro rápido y fuerte como él me aconsejaba... Los problemas no se solucionan... Pero se diluyen un poco...

No fue ésa la primera vez que Voy estuvo conmigo en el hospital...

También me acompañó cuando me operaron por última vez... Aquel día madre ya estaba enferma y padre... Creo que padre rodaba una de sus películas.

Me imagino que padre le ordenó ir al hospital conmigo en lugar de quedarse en el rodaje... Y Voy dijo lo que siempre decía y allí estaba conmigo en aquella habitación...

No os lo he contado todavía, pero de pequeño yo tenía el pecho hundido... Un defecto con el que nací. Mi tórax estaba hacia dentro. Como escondido. Tan metido que hasta podías introducir un par de dedos en su interior...

En aquella época no se podía operar, sólo aliviar. Cuando se hundía mucho, lo tenían que sacar un poco para que no me aplastara los pulmones... Así que, de vez en cuando, pasaba por el quirófano y me lo empujaban hacia fuera...

Creo que visité quirófanos una decena de veces.

El día que Voy estaba conmigo en el hospital fue la última operación... Había una técnica nueva: me abrirían el pecho, me introducirían un hierro por encima de los pulmones y volverían a cerrar... Seguiría teniendo aquel agujero en el que cabían dos dedos enteros, pero ya nunca más debería preocuparme que se volviese a hundir mi pecho...

Así que aquel verano caluroso se acabarían mis problemas... Pero, como siempre, iban con retraso y aún tardarían un par de horas en llevarme al quirófano... Hacía tanto calor que tenía todo el pijama empapado...

Tenía ganas de quitarme la parte de arriba, pero me avergonzaba tanto aquel agujero, mi defecto, que jamás me la quitaba en público... Me bañaba con la camiseta puesta en la piscina y el mar, para que os hagáis una idea...

Diría que Voy conocía aquel miedo personal... Creo que Voy lo sabía todo...

Los dos sudábamos... Casi no hablábamos, no teníamos mucho que decirnos...

Voy no estaba ni muy cerca ni muy lejos de mí. Su prudencia era perfecta hasta en esos detalles...

Según pasaron las horas, el calor en aquella pequeña y cerrada habitación se volvió inaguantable. Voy sudaba, yo también...

—¿Te importa? —dijo señalando su camisa totalmente empapada.

Le dije que no con la cabeza. Voy se abrió la camisa... Su cuerpo era igual de huesudo que su cabeza...

Miró mi pijama, que estaba igual de empapado que su camisa.

—A mí tampoco me importa... Si quieres...

Ya me imaginaba que no le importaba, pero a mí me costaba horrores enseñar mi cuerpo... Sentía absoluta vergüenza de mostrar aquellos pectorales con ese absurdo agujero en medio...

—Rodé una vez un western —comenzó a explicar—. El director que lo filmó no valía mucho, pero había dos o tres secuencias que tenían mucha fuerza...

No entendía a qué venía toda aquella historia...

—La escena que estaba mejor era una en la que le pegaban un tiro al protagonista, justo aquí en medio...

Señaló la misma zona que yo tenía hundida. No había duda de que alguna vez había visto mi defecto de cerca para poder señalarlo con tanta exactitud...

—Recuerdo que el director quería mostrar cómo se le introducía la bala... Era un plano complicado de conseguir... Así que le hicimos al protagonista un molde de su pecho y creamos todo el agujero que le haría la bala... Después filmamos desde el interior del pecho falso...

Voy no paraba de señalar con los dedos el lugar que habían hecho los planos. Iba moviendo sus huesudas manos como formando una cámara... No entendía bien por qué me comentaba todo aquello, pero lo contaba con tanta pasión...

—¿Sabes qué dijo el actor cuando le colocamos el pecho falso para hacer el plano del disparo?

Negué con la cabeza.

—Que cuando introducía su dedo en aquel agujero de bala... Sentía como si pudiera tocar su alma... Su propia alma. —Sonrió y me miró—. Tú tienes suerte, puedes tocar tu alma cada día sin llevar un molde falso... Te envidio...

Sé lo que intentaba. Voy era bueno en casi todo lo que se proponía...

Le miré, sabía lo que esperaba de mí...

Tardé casi media hora, pero al final me desabroché los

dos primeros botones de mi pijama... Para mí aquello fue un logro. El inicio de mi agujero, el conducto a mi alma quedó al descubierto... Aquello era una proeza...

Voy no dijo gran cosa... Tan sólo me observó orgulloso... Ojalá mi padre me hubiera mirado así alguna vez...

Cuando Voy se marchó de la habitación aquella noche, introduje mi dedo en aquella imperfección pectoral que tanto me aterraba...

No os diré que sentí que tocaba mi alma, pero sí que fue como si pudiera hacerme cosquillas en un pulmón.

Y la operación salió bien... Jamás se me volvió a hundir el pectoral, pero el agujero quedó allí...

Aún voy por la calle casi todos los días con mi camisa bien ceñida al cuerpo y con todos los botones abrochados. Pero algunos días que me siento valiente me desabrocho el primer botón. Y los días que estoy pletórico llegan a ser dos...

Pero desde que mi mujer murió ya no hay días pletóricos, ni tampoco días valientes...

La mujer de mi hermano me tocó suavemente la nuca... Creo que había sentido que había volado lejos... No me preguntó adónde.

Las gemelas se pusieron a llorar cuando el payaso se rompió por la mitad... Se veía venir...

Me desabroché un botón. Siempre me sentía bien con su comprensión... Byron me lamió la oreja izquierda como premiando ese pequeño acto de valor...

—¿Te indico dónde vive Voy? —dijo devolviéndome a la realidad.

Asentí con la cabeza... A los pocos segundos me encontraba siguiendo sus indicaciones...

El frío apretaba, sería un invierno duro...

Pero, de camino a su casa, me desabroché dos botones más, se lo debía a Voy... Se lo debía...

5

TICS QUE MOVEMOS PARA QUE JAMÁS NOS CONTROLEN

Tardé casi veinte minutos en recorrer las cuatro calles que separaban la casa de la mujer de mi hermano de la de Voy...

Aquel pueblo era inmenso... Todo estaba tan separado...

Byron me acompañaba. De fondo aún oía llorar a las gemelas. El viento jugaba a su favor... Pero sabía que aquellos lloros sin lágrimas pronto volverían a ser risas... Me encanta la bipolaridad de ser niño o bebé...

Cuando llegué a la casa que me había indicado, Voy estaba esperando ya en la puerta. Hasta con las visitas sorpresa se adelantaba...

Me miraba mientras yo daba los últimos pasos en su dirección... Deseaba que no me hubiera olvidado.

No había envejecido mal. Aún llevaba su inhalador en la mano izquierda. Lo usó una vez mientras no dejaba de mirarme...

Antes de llegar a su altura, puso los dedos simulando

una pistola y me disparó. Yo acepté la bala cómicamente... Me recordaba...

Me dio la mano. Jamás había sido tan efusivo conmigo. Manos huesudas como no podía ser de otra forma en él.

—¿Todo bien? —me preguntó.

—Sí, Voy. Todo bien...

Me salió. No quería, pero me salió.

Yo me sonrojé y el rió a carcajadas. Supongo que ya conocía ese mote, aunque creo que nadie se había atrevido a decírselo a la cara.

—Lo siento.

Byron ladró, haciendo el momento todavía más incómodo. Voy lo acarició y lo calmó...

—Nunca me ha molestado. Nadie me lo llamó nunca a la cara, pero siempre me pareció un buen sobrenombre. Me lo pusisteis los hermanos, ¿verdad?

Asentí...

—Normal... —Sonrió—. Nosotros, la gente del equipo, le pusimos uno a tu padre...

Me lo susurró al oído como si no quisiera pronunciarlo en voz alta. Al escucharlo no pude más que exteriorizarlo...

—¿Dios? —repetí.

Reí. Lo necesitaba.

Mi pequeña carcajada se fundió con la de las gemelas, que se oían desde tan lejos... Y es que cuando ambas se unían al reír, conseguían elevar su sonido los decibelios que se propusieran.

—Siento si ellas... —me disculpé por algo que sabía que ni tan siquiera le molestaría.

—Me dan vida —respondió—. Las semanas que ellas están cerca me noto con más energía. Y a ella también la siento mejor... Aunque ella siempre está bien. Los jueves siempre cenamos juntos. ¿Te lo ha contado?

No me lo había contado, pero no me extrañó...

Voy y ella debían de tener buenas conversaciones sin necesidad de exteriorizarlas con palabras ni de eclipsar o demostrar nada al otro.

—A ver si te unes un día —dijo sabiendo que yo jamás lo haría.

Y el silencio apareció, ese instante que se produce entre dos desconocidos que hace tiempo que no se ven. Ni Byron ladraba... Tan sólo miraba nuestros rostros... Sabía que era el momento de marcharse o lanzarse...

Tenía claro que debía explicarle cómo estaba de mal su Dios. Siempre es complicado comenzar a hablar de estas cosas.

Por suerte, con Voy todo era fácil. Él siempre se adelantaba a todo.

—¿Cómo está Dios?

Sonreí. Qué forma más preciosa de comenzar...

Tardé en contestar... Pero mientras anochecía, en la entrada de su casa, se lo conté todo. El olor de la naturaleza nos envolvía mientras nuestro entorno se oscurecía.

Él no preguntaba y su rostro huesudo no delataba ninguna emoción... Tan sólo escuchaba atentamente...

Cuando acabé de relatarle el extraño reencuentro con su Dios y la curiosa propuesta que me había hecho, él lo tuvo claro...

—Hazlo... Trabajar junto a él es una gran experiencia que todo el mundo debería poder gozar.

Ni una palabra sobre su enfermedad, sobre los problemas éticos y morales que significaba aceptar aquella proposición. Una respuesta muy al estilo de Voy...

—Quizá deberías hacerlo tú... —le respondí—. Tú fuiste y eres su gran ayudante de dirección, su leal escudero...

Me miró y sonrió. Creo que aceptar cumplidos era algo que le iba grande... Tardó en responder. Lo que me iba a decir no era fácil de asimilar.

—A mí ya hace tiempo que no me reconoce. Los miércoles a primera hora siempre lo visitaba. Hablábamos de antiguos rodajes, de secuencias que rodaría desde otra perspectiva, de metraje perdido...

»Pero un miércoles, cuando llegué, me había olvidado... Se había desvanecido de su memoria que yo había sido su compañero de rodaje...

»Ahora, cuando voy, me ve como un amigo, pero el arte que creamos, los instantes y aventuras que pasamos juntos mientras filmamos aquellas películas míticas han desaparecido de sus recuerdos...

Se hizo un silencio que me pareció eterno... Byron soltó unos gemidos. Juraría que aquel perro lo comprendía todo.

Prosiguió...

—Cada semana hemos tenido menos que contarnos. Nos unía el cine. Sin él, es complicado comunicarnos... Yo no sé y él tampoco...

Su rostro huesudo se inundó de una gran tristeza. Había perdido a su Dios y tenía, como nosotros, al hombre, a aquel ser que casi no se relacionaba con nadie...

Por fin había conocido a mi padre... A mi padre en estado puro... Y con él no era fácil hablar...

—Deberías aceptar lo que te propone... Todo mejoraría —volvió a repetir.

—No lo sé... No creo que aceptarlo cambiara mucho nuestra relación. Creo que ya no tenemos mucho que salvar —añadí mientras me disponía a marcharme.

Comencé a mover uno de los pies con poca convicción... Byron ni tan siquiera lo intentó, no se movía del lado de Voy, como intuyendo que aquella conversación todavía no había finalizado.

—¿Sabes lo de su tic?

—¿Su tic? —pregunté.

Voy siempre sabía cómo atraer tu atención.

Alguna vez que había visitado algún rodaje, me había dado cuenta de que él conseguía tener contento a todo el equipo técnico y artístico. Desde el poderoso director de fotografía al extra sin frase que no come ni lo mismo que el resto del equipo y devora un triste bocadillo.

Todos quedaban siempre cautivados por Voy... Por su

fuerza, por su energía y por esas últimas palabras que siempre decía a modo de coletilla y que te hacían sentir único antes de que fuera a conversar con otras personas.

Él era la voz de mi padre en el plató... Pero siempre fue más amable y estilizada que la original...

Decidí no marcharme. No sería el primero ni el último en caer en sus redes.

—¿Qué tic?

Sonrió. Había picado en su anzuelo.

—Tu padre tiene un tic...

—No.

—¿No lo tiene? ¿O no lo sabes?

—No lo tiene —afirmé.

De pocas cosas podía estar seguro, había convivido con él desde pequeño y sabía que aquello no era verdad...

Arqueó sus cejas como el que conoce un secreto que puede cambiar tu visión sobre algo.

—Lo posee desde el primer día que le conocí —dijo.

—¿Padre? —Yo estaba totalmente desconcertado—. ¿Dónde?

—Se mueve —sonrió.

—¿Su tic se mueve?

—Sí, siempre ha intentado...

Hizo una pausa, como decidiendo si debería contármelo, si estaba revelando algún secreto oculto... La pausa duró poco.

—Siempre ha intentado ocultarlo, su tic nunca está en

los ojos o en la cara. Me contó que de pequeño residía allí y le causaba problemas. La gente le observaba como si fuera un bicho raro y aquello le avergonzaba...

—¿Te lo contó él?

No me lo podía creer.

—Lo deduje. Con tu padre casi todo hay que deducirlo. Nada es expresado.

Sonreí. Lo conocía tan bien...

—Durante su adolescencia se dio cuenta de que a aquel tic no lo podía apartar de su vida, que ya formaba parte de él... Pero un día descubrió que podía moverlo.

—¿Moverlo?

—Moverlo... Bajarlo, subirlo, transportarlo a otra parte de su cuerpo. A algún sitio donde no fuese tan evidente su presencia...

Pensé en él, busqué sobre su cuerpo en mi memoria. Deseaba encontrar esa zona antes de que Voy me la dijera...

—Las manos —dijimos al unísono.

Recordé que mi padre casi nunca las mostraba... O estaban bajo una mesa u ocultas por algún objeto... Nunca me había preguntado por qué... Supongo que te fijas en lo que muestran las personas, no en lo que ocultan...

—Sus manos, exacto. —Le gustó que lo acertara—. Allí arrinconó al tic y allí vive. Eso sí, aquella mudanza fue dolorosa...

»El tic vive en sus manos, y por ello se disloca y se vuelve a poner en su sitio el índice casi cincuenta veces al día... Eso los días que el tic es suave y ligero... Cuando está nervioso y no hay control puede llegar a las doscientas...

»Durante algunos rodajes nocturnos, de aquellos que no acababan nunca, se escuchaba aquel sonido de fondo. Algunos eléctricos pensaban que eran grillos... Él sonreía...

»No sé si aún lo tiene allí arrinconado... No sé si la enfermedad lo ha movido o ha desactivado su enclaustramiento...

Y no dijo nada más. Se despidió, me volvió a dar la mano y se fue hacia dentro. Siempre era él quien daba por finalizadas las conversaciones. Lo había olvidado.

Pensé que quizá aquella cita de mi abuela en aquel libro que no me correspondía leer tenía que ver con su tic, con los inicios... Quizá el fascinante chico que sacaba la lengua cuando hacía trabajos manuales era él y su tic... Su tic cerca de su cara, instalado en su propia lengua...

Byron no escuchó mis pensamientos y también se fue a casa. Ambos tenían claro que aquello había finalizado...

Voy entraba en casa cuando le hice la pregunta, en busca de las respuestas que había ido a buscar.

—¿Qué hace un ayudante de dirección?

Sonrió y dijo en un tono muy pausado:

—Todo lo que el director quiere que hagas... Y un poco más... —Hizo una leve pausa—. Espera un momento...

Desapareció. Byron se quedó a medio camino intuyendo que se había adelantado al marcharse, pero sin querer admitir su error.

Mientras esperaba su retorno, tenía la sensación de que todo aquello era una equivocación.

Voy tardó casi diez minutos en volver. Me entregó unas hojas arrugadas, cuatro rollos de película inmensos y una botella de whisky.

—¿Qué es todo esto? —pregunté.

—Su primera película en treinta y cinco milímetros, creo que nadie más tiene una... El whisky que bebe siempre que acaba un rodaje y una lista con los nombres, teléfonos y direcciones de la gente que trabajaron en ese primer film... Creo que, si aceptas el trabajo, deberías llamar a los que comenzaron con él... Está bien acabar con los que empezaron junto a ti... Suerte...

Y ahora sí que desapareció...

Volví a casa de la mujer de mi hermano acarreando aquellas cuatro latas pesadas, aquel viejo whisky y aquellas hojas mohosas.

Byron trotaba delante de mí, cruzándose de vez en cuando... Creo que tenía ganas de que tropezara...

Me sentía absurdo y desconcertado... Había recibido demasiada información...

Me pasé toda la noche pensando, intentando tomar la decisión correcta.

Me seducía la idea de despertarme, coger a las gemelas y marcharme de allí a toda velocidad. Volver a casa...

Estaba seguro de que a padre lo cuidarían. Tenía gente a su alrededor que aparecería si yo lo dejaba tirado...

Pero pesaba la promesa a madre... Pesaba mucho...

Como no podía dormir, decidí volver a aquel día en que le prometí aquello... Necesitaba retornar a aquella encrucijada, ponerla en cuestión, encontrar fallos...

Buscar una segunda lectura o una escapatoria a mi promesa... Creo que deberían existir abogados que te pudieran ayudar a desligarte de las promesas de adolescencia alegando incapacidad emocional.

Y es que aquel día pasó de todo... Madre se moría y padre enloqueció...

6

SACOS DE PATATAS HUMANOS QUE CAMINAN, FUMAN Y LLEVAN COMPLEMENTOS

Han pasado ya muchos años, pero aquel día sigue presente en mí... No hay mes que no retorne una o dos veces...

Como os comenté fue el verano más caluroso que recuerdo.

El calor y mi madre... El frío y mi padre...

Cuando murió mi mujer era primavera, una primavera otoñal, una mezcla extraña... Ella lo definía como la época de los disfraces... Y es que por la calle podías ver desde gente con manga corta y bañador hasta otros que llevaban abrigos y gorros de lana.

No sé de qué iba disfrazada ella cuando murió... No sé si iba de invierno o de verano...

En cambio, cuando madre murió, llevaba una especie de camisón blanco... Lo llevó durante toda la última época de su enfermedad...

Era un camisón de gasa blanca que siempre olía muy bien. Juraría que no era nunca el mismo... Difería en tonalidades...

Yo me imaginaba que ella poseía un armario con cientos de camisones de gasa con leves diferencias...

Madre se moría de una enfermedad sanguínea. Era hereditaria. Ya la tuvieron antes su madre, su abuela y su bisabuela... «Mi sangre no toma una dirección correcta...» Ésas fueron sus palabras para explicarlo... Jamás lo entendí bien...

Lo que estaba claro era que su sangre, de repente, desaparecía de su cabeza y ella se desplomaba en el suelo. No sabías jamás cuándo pasaría eso.

Madre era así desde que yo nací. Recuerdo que con cinco años iba con ella por un centro comercial, cogido de su mano con la sensación de que me protegería de todo, y de repente ella cayó redonda al suelo.

Pasaba tan a menudo que nos enseñó a cuidarla en aquel minuto y medio de reinicio. En esos noventa segundos debíamos evitar que le robaran, que la intentaran reanimar y, sobre todo, que nos separaran de ella.

Jamás aceptábamos ambulancias ni doctores. Noventa segundos para evitar que toda aquella gente ansiosa por ayudar o robar depositaran su atención sobre ella.

Era increíble. Cuando se caía, los depredadores aparecían como siempre predecía. Estaban los ladrones, los deseosos de ayudar y también buitres que querían sus despojos.

Yo enseguida los comencé a diferenciar. Era fácil...

Y no sólo teníamos que evitar a toda aquella gente, sino también impedir que cayera en lugares donde pudiera hacerse daño.

Y eso era un poco más complicado porque jamás se podía prever. Los brotes llegaban cuando menos lo esperabas. Escaleras mecánicas, cuestas, coches...

Todos, los cuatro hermanos, debíamos prestarle atención, cuidarla y ayudarla en ese instante y en los noventa segundos posteriores.

Y allí estábamos siempre, y os puedo jurar que nunca se lastimó ni sufrió un solo rasguño.

Ella, en broma, nos decía que era normal caerse. Decía que éramos sacos de patatas... Que los humanos éramos sacos de patatas de cincuenta, sesenta o noventa kilos que caminábamos sobre dos plataformas extrañas... Pero que los sacos de patatas no se conformaban con andar bien sin caerse, sino que además llevaban bolsas en las manos, ropa, objetos y adornos en la cabeza... Y hablaban, gritaban, discutían, miraban hacia otro lado y hasta se enamoraban... Cómo no se iban a caer...

Recuerdo que una Navidad al lado del lago, en lugar de un muñeco de nieve hicimos uno con un saco de patatas al que le pusimos zapatillas. Queríamos que andara, que se mantuviera en pie, que se fuera de compras y que se enamorara...

No lo conseguimos... Pero a los seis años compramos todo lo que nos cuentan...

Cuando llegamos a las dos cifras, todo comenzó a cambiar. Ya nadie deseaba acompañarla.

Es triste decirlo, pero lo sorteábamos. En ese tiempo no

sabíamos que, al cumplir los veinte, aquella enfermedad nos comenzaría a afectar... Era su herencia... Su herencia inesperada...

Y cuando la comenzamos a sufrir, nos dimos cuenta de lo crueles que habíamos sido con ella... Cuántas veces en la vida, al revivir en nuestra piel situaciones que otras personas han sufrido, descubrimos la gravedad, el dolor y los inconvenientes que eso supone.

El cambio de ángulo, el pasar por el tamiz del yo...

Desde los veinte, como todos mis hermanos, sufro sus desmayos, caigo cual saco de patatas. Últimamente los medicamentos han mejorado un poco con respecto a su época y puedo pasar meses y meses sin desvanecerme... Ya ni recuerdo cuándo fue la última vez...

Pero cuando me caía comprendía la necesidad de que te cuidaran, de que te protegieran... Sentirla en tu piel lo transforma todo...

Y es que la herencia de madre la recibimos los cuatro hermanos al cumplir los veinte, día más o día menos...

Cuando me llegó a mí, al ser el segundo en la línea de sucesión ya era esperado. No fue traumático ni doloroso, fue como quien espera el regalo de una madre que te abandonó pero sabes que en tu sangre aún vive parte de ella.

Y quizá eso no es nada comparable a saber que mis días terminarán como los suyos. No sé el tiempo exacto, no sé si más o menos que ella. Los médicos tampoco saben decírmelo, pero sé que ese día llegará...

El último de mi madre transcurrió durante aquel verano tan caluroso...

Ella se había ido debilitando año tras año... Poco a poco notaba cómo esa extraña enfermedad sanguínea le iba robando capacidades.

En sus últimos años, los mareos eran tan continuados que dejó de andar y descansaba en la cama. El último año lo pasó estirada en aquella habitación...

Padre decía que reposaba. Ella, cuando la veíamos, nos decía que no reposaba, sino que su saco de patatas había decidido dejar de moverse.

Jamás perdió su fuerza y su ilusión, aunque los dolores que soportaba eran tremendos.

De pequeño cuesta mucho ver a tu madre en una cama. Verla siempre desde arriba... Observar cómo se va yendo lentamente...

Aquellos últimos ocho meses fueron muy duros. Ella perdía el conocimiento muy a menudo y durante mucho más tiempo... Ya no sufrías por que se hiciera daño, sino por si no volvía...

Muchas veces en sus dos últimos meses, cuando el dolor era desmesurado, yo deseaba que no volviese. Que abandonase este mundo en uno de sus desmayos.

Pero cuando volvía, siempre buscaba en sus puños una de esas sonrisas que guardaba para mí...

Madre moría durante todo aquel año y padre... Padre parecía no entenderlo... Lo que hizo con nosotros en los últimos días no tuvo ningún sentido, jamás se lo podré perdonar...

Y ahora parecía que ese padre ya no existía... Quizá por eso necesitaba volver otro día... Ver si aquel hombre que habitaba ahora en su piel había desaparecido y volvía a estar nuevamente aquel al que conocía, a quien odiar, culpabilizar y negarle mi ayuda...

7

TUN

Cuando me levanté a la mañana siguiente me encontré con una sorpresa inesperada.

La mujer de mi hermano no podía quedarse con las gemelas, tenía un compromiso laboral aquella mañana. Me lo había comentado, pero últimamente no escuchaba lo que me decían...

Quiso cambiarlo, pero me negué. Cuando llegué, le dije que aquello era cosa de un solo día... Verle y marcharme... Había sido yo quien había modificado los planes originales.

Ella se ofreció a llevárselas, pero hubiera sido egoísta por mi parte.

Que las cuidara Voy era una solución intermedia, pero creo que quizá aquello era una señal. Padre no las conocía. Hay algo de necesario en que tu padre conozca a tus hijos, tiene algo de genético, de eslabón, de cerrar el círculo.

Ella también habló de una amiga de confianza que era canguro, pero yo ya me había decidido.

Además quizá necesitaba verlo acompañado, que aquella visita fuera diferente a la primera.

Ella se marchó triste, con la sensación de haberme defraudado. Nada pude hacer para convencerla de lo contrario.

Las niñas me llamaron al unísono cuando se fue. No sé si notaban su ausencia o mi presencia.

Poco después se cagaron a la vez. Creo que deseaban demostrarme algo.

Mientras preparaba nuestra marcha, pidieron comer nuevamente al tiempo. Ya no estaba tan seguro de que aquello fuera tan buena idea...

Padre, en aquel estado tan artificial, las gemelas, en su estado natural. Quizá no lo era...

Cuando las metí en el coche protestaron, deseaban andar. Desde que habían aprendido, se sentían insultadas de que las tratara como a bebés. Las comprendía. Cuando yo me sentí un adulto y me trataban como a un niño, también lo odiaba...

La mayor no paró de decir «tun» en todo el viaje. «Tun» era su palabra favorita y la primera que había aprendido. Podía significar desde «quiero comer» a «mira aquello» o «libérame de esta silla». «Tun» era su única palabra.

«Tun» lo resumía todo: hambre, necesidad y deseo.

Qué pena que cuando nos hacemos mayores aprendamos más palabras... Diría que con una sola nos bastaríamos y seríamos más efectivos...

La otra, la pequeña, que había nacido veintitrés segundos más tarde, se parecía en todo a la mayor pero era un centímetro menos en todo, y además tenía unas leves marcas en cada mejilla.

Las diferenciabas por eso y porque una era levemente más pequeña en todo... Boca, ojos, nariz, orejas...

Su sonrisa también era un poquito menos abierta y su «tun» era parecido, pero lo pronunciaba diferente, haciendo menos hincapié en la «n» final... Diría que casi no la pronunciaba y que ejercía un poco más de gravedad en el «tu» inicial... Digamos que la «n» se alejaba de la «u»... Sonaba como «tu»... Como si quisiera decir: «Tú, hazme caso»... Pero eso sí... Un poco después la «n» se intuía como un susurro...

Ya sé que quizá todo aquello sólo eran paranoias de padre... Podría ser...

Pero en el coche no paraba de escuchar esos «tun» y «tu». Eran asincopados y sé que deseaban decirme algo... Pero no podía hacerles mucho caso. No era el momento...

Tan sólo las vigilaba a través del espejo retrovisor. Cuando me veían dejaban de pronunciar la palabra como si se sintieran pilladas...

Mi mujer decía que el espejo retrovisor era uno de los dos mejores inventos del Universo... Qué ironía... Supongo que jamás esperó que su muerte estuviera relacionada con él...

Ella decía que la vida sería mas fácil si tuviéramos un espejo retrovisor incorporado en nuestro propio cuerpo... Pensaba que estábamos mal diseñados, y ella sabía de eso.

Su vida era la publicidad... Se le ocurrían ideas maravillosas todo el tiempo para que la gente comprara los productos que ella anunciaba.

Era una gran vendedora... Al fin y al cabo, me convenció para que tuviéramos gemelas... Era increíble en su trabajo.

Miraba los objetos que debía promocionar durante horas, los probaba, intentaba entender qué aportaban al mundo y por qué alguien debía adquirirlos...

De ahí su teoría del retrovisor... Y es que había observado muchas veces el cuerpo humano y decía que nos faltaba insertarnos un retrovisor para ver qué había detrás nuestro. Consideraba que no tenía sentido que siempre miráramos adelante sin saber las oportunidades que hay detrás...

Ella opinaba que lo que nos precede tiene la clave de lo que nos acontecerá...

Decía que le parecía increíble que todos fuéramos por la calle con ese cuerpo humano sin retrovisor... Un pequeño gran fallo de la creación...

Es por ello que muchas veces giraba ciento ochenta grados su cuerpo en busca de poder observar lo que la naturaleza le había escatimado...

La fuerza de los gritos de los «tun» me devolvió al instante a ese coche que me llevaba hasta mi segunda visita a padre, la que seguramente sería la última.

Las volví a mirar por el retrovisor. Estaban desafiantes, se notaba en sus miradas... Me gustaba cuando se ponían así...

Volví al día en que casi las perdí... El día del accidente de mi mujer. A aquel instante en que ella me dijo que ya no llegaría al hospital y que se despidió de mí en vida...

Pero yo no podía llorarla, no era el momento. Debía centrarme en recordar quién de los dos debía ir a buscar a las gemelas.

Y recuerdo que al lado de aquel cine enloquecí... Miraba mi agenda del móvil para ver si estaba apuntado si era ella o yo quien debía recogerlas.

Una pérdida era doloroso, tres serían... No podía ni pensarlo...

Sentía pánico. Me dirigí corriendo al coche y de allí al hospital que el policía me había indicado en el mensaje de voz. Las gemelas debían de estar con ella, necesitaba creer que nada les había pasado.

A ella la acababa de perder, ellas eran lo único que me quedaba. Sólo podía pensar en ello... Ningún otro pensamiento pasaba por mi cabeza en esos instantes...

Cuando iba camino de aquel hospital, de repente di un volantazo y me dirigí a otro lugar... Tenía la intuición de que me tocaba a mí recogerlas, así que me dirigí a la guardería. Era lo más sensato...

Aparqué en doble fila en una calle de un único carril. Me daba igual crear colas kilométricas. Realmente no me importaba el mundo.

La gente me vio abandonar el coche y comenzó a enloquecer. El automóvil es siempre un altavoz de las personas. Su valía, su frustración y su tristeza quedan amplificadas.

Entré en la guardería, pero no me paré en la entrada. No podía perder tiempo. No pregunté a nadie, no me salían ni las palabras.

Fui al aula donde siempre estaba la pequeña de los «tun»... Había un montón de bebés gateando... Los levantaba y giraba rostros, buscaba que apareciese su «tun» suave... Nada, nadie... Los bebés me miraban desconcertados, extrañados de que los sacase de su trotar sin rumbo por aquella inmensa aula. Algunos lloraron, otros mostraron indiferencia...

Recordé que cuando una de ellas lloraba mucho, las juntaban para que vieran una cara conocida y se calmaran.

Fui a la otra sala. La profesora del aula me seguía y no dejaba de gritarme, pero yo no la oía... Necesitaba ser yo quien las encontrase, no alguien que me frustrase.

En la sala de los mayores ya estaban durmiendo la siesta. No encendí las luces, la iluminación que provenía del pasillo era suficiente para divisar sus rostros...

Giré bebés lentamente intentando no despertarlos y buscando el «tun» grande que me llevase a la calma... Pero allí no estaba, ni tampoco su hermana.

Sentí frustración al girar la última criatura... Ni rastro de ambas...

—Su mujer se las llevó...

La profesora de los mayores, que siempre había mostrado más preferencia y cariño por mi hija mayor que por la pequeña, rompió el instante.

Grité. Debió de ser un chillido impresionante porque todos los bebés lloraron al unísono.

Aquel «perdón» de mi mujer resonaba en mi cabeza. Tomaba sentido...

Salí de allí sin decir ni una sola palabra y sin disculparme. Tan sólo necesitaba llegar a ese hospital cuanto antes. Poder abrazar a mis hijas y llorar a mi mujer.

Fuera había un policía inspeccionando el interior de mi coche y una cola inmensa de autobuses, taxis, furgonetas y automóviles detrás de él...

No me acerqué, no podía perder ni un segundo... Cogí un taxi en la misma esquina del embudo...

Y cuando entré, traté de serenarme... El conductor no me prestó la más mínima atención. Podía haber entrado un caballo que si hubiera dado la dirección correcta no se habría percatado.

Hablaba con alguien a través de un auricular pequeñito... Jamás miró por el retrovisor... Subía la voz cada vez que daba un volantazo.

Me intenté relajar, pensé en todo lo que podía pasar cuando llegase. Y en cómo podía reaccionar... Quería estar preparado, encontrar alternativas...

Mi cerebro iba lento, analizando cada detalle que imaginaba que ocurriría... En la calle todos parecían ir rápidos, a un ritmo veloz ignorando mi desgracia...

Yo deseaba llegar y a la vez no hacerlo... Sentía terror.

Perder a toda tu familia con tan pocos minutos de diferencia era impensable... Sentí pánico cuando el taxi llegó al hospital.

Pagué y di una propina desmesurada, esperando que aquel absurdo gesto me trajera una recompensa... Aunque era cierto que había agradecido su indiferencia...

Llegué... El hospital estaba casi vacío y tremendamente silencioso... Me dirigí al mostrador. Una chica que no parecía tener más de quince años estaba sentada detrás de un ordenador.

Me sonrió y yo me lo tomé casi como una ofensa...

Pregunté por ella. Buscó su nombre en el ordenador y su rostro cambió cuando leyó lo que decía la pantalla.

—Lo sé... Ha muerto... —dije antes de que hablase.

No deseaba conocer aquella noticia por otros labios...

Un celador me llevó a su planta, seguidamente a su ala y por último quiso acompañarme a la antesala del quirófano donde ella reposaba.

Le dije que no quería entrar, que antes necesitaba ver a las gemelas.

El celador consultó con un médico, éste con una enfermera y, al cabo de unos minutos, un hombre encorbatado vino hacia mí.

Me llevó a una sala pequeña donde había unos cuantos

bebés... No sé qué sería aquel lugar ni si aquellos bebés provenían de personas que habían tenido accidentes...

Los miré y de repente vi a la mayor...

Me observaba fijamente desde el mismo instante en que yo había entrando en la sala...

Sus ojos eran enormes, su rostro reflejaba algo parecido al miedo... Daba la sensación de que llevaba tiempo mirando aquella puerta en busca de un rostro conocido... Cuando me vio, no le salió ni una exclamación... Pero noté que estaba emocionada y feliz... Yo lloré... Lloré tanto...

Allí estaba... Fue, diría, uno de los momentos más hermosos que he vivido...

La cogí rápidamente y en ese instante lloró... Un llanto que desconocía, un sonido que sintetizaba dolor y recuerdo... Pero, al minuto de estar en mis brazos, se durmió...

Creo que la tensión de la espera en busca de una cara conocida que cruzase el umbral de la puerta la había dejado exhausta.

Busqué a la pequeña, pero no la encontré a simple vista. Pregunté al hombre trajeado.

—¿Y la pequeña?

El hombre se extrañó, su rostro mutó...

Supongo que esperaba ver en mí una felicidad extrema por haberme entregado a mi hija. Seguro que había pedido que le llamaran cuando yo llegara. Se le notaba ansioso de dar buenas noticias y de recibir felicitaciones. Seguro que toda aquella búsqueda de palmadas en la espalda tenía que ver con traumas de la infancia...

—¿Dónde está la pequeña? —volví a preguntar.

Mi tono debió de subir porque desperté a casi todos los bebés excepto al que llevaba en brazos. Ya era la segunda vez aquel día...

—Sólo estaban su mujer y su hija —dijo casi con la voz entrecortada.

Recuerdo aquel instante y la locura que aquello me produjo.

Respiré. Necesitaba volver y no recordar más... Miré a la pequeña por el espejo retrovisor... Allí estaba, no lo había soñado. Costó pero la encontré...

Volví a respirar, a coger ese aire que Voy decía que daba energía... Aquellos olores respirados que mi mujer creía que te ayudaban a pasar los inviernos...

Pero me era difícil no pensar en toda la odisea que pasé hasta encontrarla... Pero ahora no podía seguir recordando aquella historia...

Tenía que vivir otra... Llegaba a casa de padre...

8

LAS MAÑANAS SON FÁCILES,
LAS TARDES, DURAS,
LAS NOCHES, IMPOSIBLES...

Padre estaba esperando en su banco de madera. Un banco que hizo con la cama de madre.

Le recuerdo días después de la muerte de madre con aquella hacha y haciendo pedazos la cama.

Me pareció macabro. Imagino que volver a dormir allí se le hacía imposible... Pero verle destrozar el que fue su hogar en el último año fue doloroso para todos los hermanos.

Padre enloqueció con su pérdida...

Meses más tarde de su muerte, padre pasaba horas sentado en aquel banco que construyó con toda aquella madera destrozada... Yo jamás me senté... Ningún hermano lo hizo jamás...

Paré el coche cerca del lago y del banco... Les hablé a las niñas antes de salir. Mi mujer lo hacía, decía que entendían las vocales, así que buscaba palabras con muchas vocales. Les pedí que me diesen tres minutos. Debía hablar con su abuelo antes de sacarlas... Ambas dijeron «tun»... Un «tun» comprensivo...

Bajé del coche y fui lentamente hacia allí. La enfermera que siempre le acompañaba se apartó de él. En su mirada noté la urgencia que tenía de una respuesta mía. Aquella mujer deseaba marcharse a cuidar a los suyos...

—Llegas cinco minutos tarde —me dijo padre visiblemente disgustado—. Hay mucho que hacer. Ver localizaciones, contratar equipo, empezar el *storyboard*...

Seguía igual. No era él... No sé por qué no me sorprendió.

—Siéntate —me dijo.

Se movió ligeramente para dejarme sitio en el banco. No podía hacerlo, aquello era superior a mí. Jamás me sentaría en la cama de madre... Hubiera sido un insulto aceptar aquella propuesta.

—Prefiero seguir de pie.

No le gustó la respuesta.

—Siéntate. —Su tono se alzó.

Aquella forma de decir las cosas era más del estilo de mi padre.

No pensaba hacerlo. Me di cuenta de que no había sido una buena idea haber vuelto...

Me disponía a volver al coche cuando él dijo...

—Mi mujer murió sobre estas maderas...

Jamás padre había vuelto a hablar de madre desde que murió. Jamás... Me paré en seco. No me giré.

—Ella compró aquella cama porque le encantaba la madera. La olía siempre antes de dormir... Sobre ella creamos a nuestros cuatro hijos. Al perderla, quise seguir compartiéndola con ella...

»Ella siempre decía que faltaba un banco en el jardín. Que debía comprarlo... Jamás lo hice... Mi mujer creía que desde aquí se tenían las mejores vistas del lago. Le encantaba ese lago...

»Ahora ella está bañándose en el lago y yo estoy aquí, observándola desde el mejor lugar posible.

»Compartimos algo, eso es importante...

Me quedé de piedra. Jamás me había hablado ni de aquello ni de esa forma. Padre no hablaba así conmigo.

Ni tan siquiera sabía que en aquel lago había parte de mi madre, pensaba que estaba toda ella incinerada dentro de aquel horrible jarrón que colocó sobre la chimenea.

No podía marcharme, me hablaba de las cosas que siempre había deseado escuchar... Pero me las contaba porque pensaba que era un extraño.

Me giré y volví a su lado. Me senté en el suelo, al lado del banco. No en el propio banco. Eso no lo podría hacer... Él no protestó... Creo que le fue suficiente... Lo entendió como una muestra de respeto a lo que me había relatado cuando en realidad era más bien lo contrario...

—Cuando amanece, aparece parte de ella, todo brilla... —dijo mirando la porción de cielo que cubría el lago.

Lo decía en serio... Era increíble, hablaba de mi madre... Como hijo jamás me había hecho partícipe de su dolor, como desconocido, me abría su alma...

Pasamos un par de minutos en silencio y cuando el sol apareció ciertamente golpeó contra el lago y un aura dorada iluminó el agua.

Desde aquella zona del banco se apreciaba con claridad. Me emocioné... Sabía que aquel brillo no era parte de ella, pero igualmente estaba colapsado y tocado...

Pero la emoción fue interrumpida por los lloros de las gemelas, a las que había solicitado unos minutos de tranquilidad. La tregua había acabado...

Me levanté, fui hacia el coche y padre me siguió... Allí estaban las dos llorando...

Padre las miró, abrió la puerta y cogió a una en cada brazo. Madre me había comentado que, cuando éramos bebés, padre jamás nos había llevado así...

Las agarró con una fuerza que daba la sensación de que ya no poseía y se las llevó hacia el banco... Ninguna de las dos paraba de llorar... Estaba un poco consternado... Se sentó con ellas y fue justo entonces cuando dejaron de llorar automáticamente...

Me imaginé que algo tenía que ver con mi madre, con su regazo, con su madera... En aquella cama yo siempre olvidaba mis problemas y sonreía...

La enfermera aprovechó aquel instante para buscar una respuesta en mí. Se acercó y la escuché, pero no podía dejar de observar aquel extraño instante entre mis hijas y mi padre...

—Mañana tengo que marcharme —me dijo—. Los dolores de su padre a partir de las tres de la tarde son realmente terribles. El doctor que vive en el otro lado del lago, al que creo que usted conoce, dice que deberían buscar a alguien que se haga cargo de él si usted no puede. Me ha comentado que puede hablar con él si desea más respuestas. ¿Sabe dónde vive?

Señaló el lado opuesto del lago... Ya lo sabía... ¿Cómo olvidar que aquel médico residía en el otro lado del lago...? Era el único de la comarca... Lo conocía bien, fue el mismo que intentó salvar a madre sin éxito... Siempre lo odié por ello...

—¿No se puede quedar un par de días más? —le pregunté—. El dinero no es problema.

Creo que jamás había dicho esa frase... Sonaba tan pedante, tan equivocada, tan sucia, tan prepotente... Tan sólo pronunciarla, ella me miró con asco. Supe lo que iba a decir antes de que lo dijese.

—No es cuestión de dinero.

Me disculpé, pero el daño ya estaba hecho.

—Me puedo quedar hasta mañana por la mañana. Si quiere le puedo volver a explicar todo lo que debe tener en cuenta... Aunque casi todo se resume en mañanas fáciles, tardes duras y noches imposibles...

Asentí... Le agradecí nuevamente el tiempo extra... Sabía que con aquella mujer lo había fastidiado... No dices una frase como ésa y esperas que te perdonen...

Padre seguía con mis hijas en sus brazos.

Estaban tranquilas, como si conociesen a aquel hombre de toda la vida.

Padre me miró y sonrió.

—Deberíamos ir a localizar. Puedes traerlas si quieres. Nos harán mejor precio en todo.

Nuevamente asentí. Deseaba alejarme de aquella casa, de aquella mujer, de aquel banco...

A los pocos minutos todos estábamos en el coche rumbo a localizar.

Era tan absurdo... Rumbo a mi primera localización con mis hijas y mi padre...

9

CADA FAMILIA TIENE LOS COBARDES QUE SE PUEDE PERMITIR

Él me indicaba qué camino tomar... Me dijo una calle y un número... Tenía claro dónde estaba aquella primera localización... Yo me dejaba guiar... El lugar al que íbamos estaba a casi tres horas...

—¿La madre? —preguntó cuando las niñas se durmieron.

Tenía algo de absurdo seguirle el juego. Le señalé la guantera. Allí siempre estaba el recorte. Aquel era el mismo coche que ella destruyó y allí residía su última proeza...

Me di cuenta de que quizá no me diferenciaba tanto de padre. Él transformó la cama de madre en un banco y yo reconstruí de cero el coche donde ella perdió su vida... Aunque quizá las razones no fueron las mismas.

Padre abrió la guantera. Allí estaba el recorte, guardado dentro de la caja de bombones que ella siempre llevaba bajo el asiento del copiloto. Le encantaba el chocolate y su genética le permitía comerlo cuando quería sin engordar.

Padre abrió la caja, que estaba un poco rota, y encontró el recorte y cuatro pequeños objetos que habían pertenecido a ella. Detalles de su esencia...

Padre deshizo el recorte. Siempre estaba doblado en ocho trozos. Siempre aquellos ocho dobleces... Cuando he querido volver a leerlo, he tenido que hacer y deshacer esos ocho gestos... Era un pequeño rito que no sabría explicaros...

Lo desdobló y lo miró, supongo que a simple vista no se entendía qué podía significar...

«Colas de treinta kilómetros debido a un accidente mortal con dos víctimas... Muere una madre y su hija pequeña...»

Eso es lo que rezaba la noticia... Fue la única vez que ella salió en los periódicos. Los coches de aquella carretera estuvieron casi cuatro horas absolutamente parados...

Su muerte dejó muchas vidas sin rumbo... Le hubiera gustado saberlo, decía que una vida, si tiene un buen discurso y unos buenos argumentos, puede tocar a cientos de otras...

Y ella lo hizo a su manera...

Padre seguía releyendo aquel recorte, intentando entender el porqué de aquella noticia doblada en ocho partes...

—Mi mujer... —añadí.

Me paró con la mano, como si ya lo hubiera entendido sin mi ayuda. Volvió a doblar en ocho el papel. Se lo agradecí.

—Ambos somos viudos —musitó.

No había pensado jamás que con mi padre tuviera aquello en común.

No dijo nada más a partir de aquella frase. Se silenció. Las niñas también lo habían hecho detrás... Me quedé solo y acompañado de tres almas dormidas...

Volví a la muerte de madre. Fue instantáneo...

Recuerdo que el día que madre empezó a morir, los cuatro hermanos estábamos jugando al fútbol. Era un ataque y gol, y yo estaba de portero...

Hacía tiempo que no jugábamos, aún más, diría que ningún día de aquel verano lo habíamos hecho... Ni nos lo permitíamos ni nos apetecía...

Pero aquel día tan caluroso, como el campo de fútbol estaba cercano al lago, podías dar cuatro patadas y meterte en el agua.

Nos pasamos todo aquel partido medio empapados... Cada vez que chutábamos salía de nuestro cuerpo un montón de agua en todas direcciones... Recuerdo que nos lanzábamos al lago con bambas y todo...

En aquel instante los cuatro hermanos estábamos muy unidos...

El dolor une mucho. Después de vivir un tiempo en este mundo, diría que es lo que más une.

Y recuerdo que fue una mañana divertida... Gritos, chapuzones y goles... Casi parecía que a ninguno de nosotros se le estuviese muriendo la madre.

Hasta que llegó padre, la peor versión que he visto de él...

Venía con su pequeño tractor... En verano siempre iba de un lado a otro con aquel tractorcillo que utilizaba como transporte para evitar que el calor le fundiese las ideas.

Jamás vi que nadie lo usase nunca para arar ni nada parecido...

Pero aquel día venía a más velocidad de la permitida. Normalmente lo veías circular cerca de un campo de limoneros... Siempre lento, muy lento, con un sombrero en la cabeza y su inseparable bolígrafo en la mano... Buscaba ideas, decía madre...

De vez en cuando le veías parar el tractor y escribir tres o cuatro ideas en una de sus libretas pequeñas. Más que segar la hierba parecía que le crecían realmente las ideas...

De pequeño yo creía que los limones poseían propiedades creativas.

Pero aquel día ni sombrero, ni libreta, ni ideas... Venía a toda velocidad hacia nosotros. Paramos de jugar y nos lo quedamos mirando...

Mis hermanos menores, los gemelos, no dejaban de mirarse extrañados. Pocas veces hablaban, no se comunicaban con palabras, tenían otro tipo de conexión... Siempre sentí un poco de envidia de ellos, de su amistad, de aquello extraño e inseparable que les unía...

Eran casi cinco años más pequeños que yo... En aquella

época todo un mundo nos separaba. Sentía que no tenía nada en común con ellos.

Del mayor tan sólo me separaba un año, pero tampoco servía de mucho aquella cercanía... Sólo nos unía la violencia... Jamás había susurros ni confidencias... En cambio, muchas peleas, insultos y competencia. Creo que el odio que nos profesábamos era nuestro respeto.

Recuerdo que nos miramos violentamente cuando padre se dirigía hacia nosotros, intentando entender la causa de aquella rabia que se le presuponía debido a la velocidad de su tractor.

—El ruido del fútbol —sentenció el mayor.

Podía ser. Padre no quería que eleváramos la voz. Madre necesitaba reposar.

—No creo —repliqué.

Siempre me gustaba llevarle la contraria. Pero esta vez estaba seguro de tener la razón. La zona de la casa donde madre reposaba se encontraba en el lado contrario al campo de fútbol. En un día ventoso quizá le podrían haber llegado suavemente nuestros chillidos, pero con aquellas condiciones meteorológicas sin pizca de viento era absolutamente imposible.

—Es el ruido. Ya te dije que no debíamos jugar —me replicó sin dejar de mirar el tractor.

Era un mentiroso, no había sido idea mía sino suya la de jugar al fútbol. Siempre hacía aquellas cosas. Me vendería si no lo hacía yo antes.

La tensión iba en aumento. El tractor no llegaba pero sabíamos que tampoco podíamos escapar.

Uno de los gemelos lanzó la pelota lejos, como si aquello sirviera de algo. Y el otro gemelo, al ver que no se había alejado mucho, le dio otra patada...

Padre llegó en ese momento. Bajó del tractor y se dirigió a nosotros.

—¿Quién los tiene?

Nunca olvidaré su tono de voz ni su mirada. Daba miedo.

—¿Quién tiene qué? —dijo el mayor cometiendo un grave error.

Padre fue hacia él y le abofeteó. Fue la primera vez que padre nos pegó. Jamás lo había hecho antes.

—No quiero tonterías. ¿Quién los tiene?

Su tono de voz subió, si aquello era posible, y su mirada se convirtió en odio puro. O eso es lo que sentí...

Quizá ahora no lo vería así...

He visto en estos años a adultos hechos furias y jamás ninguno me ha dado miedo. Todos lo hacen porque piden algo o necesitan alguna cosa... Amor, sexo, trabajo o respeto... Se alza mucho la voz para conseguir o por haber perdido alguna de estas cuatro cosas.

Lo de padre en aquellos momentos no sabíamos qué ocultaba.

—¿Quién los tiene? —volvió a bramar.

Los gemelos no abrían la boca y el mayor estaba escarmentado. Sabía que era mi turno.

Lo dije pausado, tanto como supe o sabía en aquel tiempo.

—No sé... —rectifiqué—. No sabemos de qué hablas... Yo no he cogido nada, simplemente dinos qué...

No me dejó acabar. Se acercó a mí, me cogió del cuello, me echó una mirada de repugnancia y me dijo mirándome fijamente:

—No me gustan los cobardes. No seas cobarde. Cada familia tiene los cobardes que puede permitirse. ¿Eres nuestro cobarde?

No me soltaba, esperaba una respuesta.

Nadie me rescataba, yo me había metido solito en aquel berenjenal.

—¿Eres nuestro cobarde? —volvió a preguntar.

Cómo odié que hiciera aquella pregunta.

—No, no lo soy —dije con un hilo de voz.

Me soltó. El silencio que se produjo se hizo eterno.

Comenzó a dar vueltas alrededor de la portería. Creo que esperaba que alguno de nosotros confesara.

Todos estábamos muertos de miedo. Casi sin mirarnos dio más pistas... Creo que lo hizo para poder avanzar...

—Alguien le ha robado a vuestra madre sus dos anillos, los que siempre lleva puestos... Quien haya sido, que los devuelva inmediatamente... No habrá preguntas ni represalias...

Más silencio.

Nos miramos como buscando un culpable. Ninguno de nosotros parpadeó siquiera.

Padre seguía sin mirarnos, tenía la mirada fija en el suelo. Sólo esperaba escuchar la confesión.

El clima que se creó en aquellos largos veinte minutos siguientes es difícil de explicar. Nadie se movió un milímetro, parecíamos estatuas humanas.

Era como si tuviéramos tanto miedo que temíamos que el simple movimiento nos delatara.

Se hizo eterno. Finalmente, padre levantó la vista y nos dijo...

—No os moveréis de aquí, no comeréis, no volveréis a casa... No veréis a vuestra madre hasta que esos anillos vuelvan...

Y se marchó, no esperó ni a observar nuestra reacción... Le vi alejarse en aquel tractor y supe que aquello iba en serio... Padre jamás iba de farol...

Nos miramos todos y comenzamos a movernos lentamente... Buscándonos... Sintiéndonos...

Uno de los gemelos fue a buscar la pelota y comenzó a dar unos toques, el otro se tumbó en la sombra de uno de los árboles que estaban cercanos al lago...

El mayor se dirigió hacia una de las porterías y yo me senté en el mismo lugar donde estaba... Bueno, más que sentarme me puse de cuclillas...

Pero poco duró aquel descanso, el ruido del tractor volvió a rugir en nuestra dirección. Padre regresaba, esta vez a más velocidad...

Sin bajarse del tractor nos gritó...

—Cincuenta vueltas alrededor del campo, diez minutos de descanso y cincuenta vueltas más... Y repetidlo cada hora...

Y lo dijo de tal manera que no tardamos nada en comenzar a correr y dar vueltas. Él nos miraba, parecía contar aquellas gigantescas vueltas alrededor del campo de fútbol.

A la tercera vuelta desapareció. Supe que sería un día largo, muy largo... Y que aquello no se acabaría fácilmente...

—Al llegar a la tercera calle, gira a la derecha —dijo padre sacándome del recuerdo.

Aquel doble tres me sobresaltó.

Recordé dónde estaba, con quién estaba y a qué estaba jugando.

Y también me di cuenta de dónde me había llevado padre con sus indicaciones, no me lo podía creer... Conocía el lugar, pero no por la dirección sino por lo que estaba viendo...

Un sudor frío recorrió todo mi cuerpo...

10

SI ÉL NO FUE UN BUEN PADRE, NO HACE FALTA QUE NOSOTROS SEAMOS UNOS BUENOS HIJOS...

Y allí estábamos. Hacía tantos años que no volvía a aquel lugar... Y no deseaba regresar...

Creo que padre hacía mucho más tiempo que no lo visitaba...

—Es al fondo, donde están los caballos y la piscina, donde tenemos que ir...

Pero padre recordaba bien aquel lugar... Aquella posesión distaba casi cuatrocientos kilómetros del lago... Pertenecía a mi hermano mayor y antes había pertenecido a toda la familia de madre... Mi hermano recuperó aquella finca, la compró por cuatro chavos porque estaba medio destruida y él solito la había arreglado... Tenía algo que ver con recuperar las raíces de madre, la otra parte de la familia, la que se desmayaba, la que parecía condenada a perderlo todo... Todo eso lo supongo, él jamás me habló de ello...

Padre consideró que era una tontería... Decía que cualquier montante invertido en aquella casa era una pérdida de tiempo y dinero... No le ayudó en nada...

Él no sólo la arregló, sino que comenzó a criar caballos. Al mayor siempre le gustaron los animales... La pasión selectiva por los caballos vino más tarde... No hay duda de que te especializas en todo... Y él se especializó en caballos, en fincas y en exteriores...

Mi madre siempre decía que cuando eres niño te pasas la vida en exteriores... Y que, a partir de una edad, si quieres triunfar has de pasar a interiores... Ella nos recomendaba que no lo hiciéramos...

Y el mayor jamás hizo aquel cambio... La muerte de madre le llevó a quedarse siempre en exteriores... Quizá porque aquel fue uno de los pocos consejos que podía aplicar en su vida...

Madre nos cambió a todos... Y los anillos nos separaron... Yo no me hablaba con mi hermano por ello...

—Estaciona por aquí —me dijo como si aquel terreno fuera suyo.

Tan sólo hacerlo, padre bajó como un cohete del coche, parecía increíble que se pudiera mover tan rápido. Me abrumó...

Padre parecía no saber dónde se metía. Su pasión por aquella película sin guión parecía que lo superaba todo.

Saqué a las gemelas del coche y las puse en su carro doble... Dormían... Lo agradecí... Si hubieran estado despiertas, habrían protestado de que las tratara como a bebés...

Un caballo negro nos miraba desde una valla... Sus relinchos nos delataban...

—Creo que esta localización no nos sirve... —dije intentado hablar en su lenguaje...

Padre no me escuchaba, seguía a la suya, observándolo todo... Se dirigió hacia una piscina inmensa que había cerca de las cuadras... Supongo que ahí se bañaba la familia de mi hermano en verano...

—Qué dices... Es perfecta... Aquí podemos rodar el inicio...

De repente, mi hermano mayor apareció en un prado cercano... Parecía que había surgido desde allí, como si viviera dentro de ese pequeño bosque... En ese exterior...

Nos miró de lejos, creo que no nos reconocía... Pero lentamente, mientras se acercaba, su rostro reflejaba con claridad que nos había identificado.

Su perplejidad era alucinante... Hubo un momento en que pareció que iba a dar media vuelta, pero no lo hizo.

Su odio hacia padre creo que superaba el mío propio. Fue hacia él a toda velocidad. Temí que la envestida fuera desproporcionada...

Pero, por suerte, padre no le dejó hablar... Le interrumpió antes de que él hablase...

—Mire, soy director de cine, él es mi ayudante de dirección. Queríamos rodar aquí... Si quiere le puedo contar la secuencia... Es sencilla y dura... Le pagaremos suficiente para compensarle las molestias...

Estaba tan descolocado tras escuchar todo aquello... Me

miró a mí. Yo no dije nada, quería ver cómo lidiaba con aquello.

Noté cómo el tren interior de odio y frustración que llevaba no iba a pararse por aquella respuesta extraña y absurda...

Antes de que brotara de nuevo su odio, me lo llevé...

—¿Puedo hablar con usted en privado?

—Haz las gestiones, yo haré algún boceto —dijo padre, ajeno a todo.

Sacó una de sus libretas míticas y se puso a dibujar aquella piscina rodeada de cuadras...

Alejé a mi hermano de mi padre... Le noté mayor, diferente, más ancho en todos los sentidos... Nada más alejarnos, explotó enseguida...

—¿De qué va esto? ¿Qué hacéis aquí? —me gritó.

Se lo expliqué lo mejor que pude, como horas antes padre me lo había relatado a mí...

Pero él no empatizaba como yo creí que llegaría a hacer... Lo miraba con odio y asco...

—¿Qué haces con él? —dijo cuando acabé el relato, trasladándome toda su rabia.

Tardé en responder.

Buscaba poder expresar un resumen de lo que me había hecho sentir Voy o la mujer del gemelo... Pero al final me salió un...

—No lo sé... Está enfermo y soy su hijo...

—Madre estaba enferma y él no se comportó como un

buen padre... Si él no fue un buen padre, no hace falta que nosotros seamos unos buenos hijos... —me respondió.

Se hizo un silencio. Sabía qué preguntaría, quizá por eso dejé de verle...

Los hermanos son tan previsibles...

Y es que les has visto confeccionar su personalidad en tu propia casa... Trozo a trozo, semana a semana, has observado cómo se han ido haciendo... Pero ninguna de esas uniones son perfectas y siempre puedes ver las juntas porque viviste a su lado...

—¿Robaste los anillos?

Y allí estaba nuevamente la pregunta. Fue como volver al pasado, como retornar a casa...

Y es que aquella misma pregunta me la había hecho años antes, en aquel campo de fútbol, y le había dado la misma respuesta pero con mucha más furia...

—No, no los tengo... Yo no los cogí...

Ahora se lo contesté de forma seca, sin pasión, casi agotado por el paso de los años.

La vida te enfrenta a situaciones tan parecidas que tus respuestas acaban siendo cada vez menos pasionales...

No fue así aquel verano. Él me lo preguntó cuando llevábamos trescientas vueltas, cuando el sol se ponía pero el calor no bajaba, sino que aumentaba.

—¿Los tienes? —me preguntó en aquella época—. Tú fuiste el último en verla.

—¡¡¡No, claro que no!!! —dije enfadado.

Entonces respondí feroz, mostrando la verdad, mi verdad... Y a aquella respuesta le siguió un puñetazo cerca del pecho.

Era la primera vez que le pegaba. Empujones, insultos y desplantes, muchos, pero jamás violencia física intencionada... Pero aquella acusación era de las peores que me podía hacer... Los gemelos no intervinieron, nunca se metían en nuestros asuntos...

A partir de ahí ambos intentamos registrar al otro sin éxito... Mucho del odio tenía que ver con el cansancio físico, el calor insoportable y una sensación extraña de que aquello no acabaría bien...

Y es que las horas pasaban y ni rastro de padre, ni de comida ni bebida... Y además deseábamos ver a madre, nunca habíamos estado tanto tiempo separados de ella...

Estuvimos así dos días... Cuarenta y ocho largas y horripilantes horas donde las acusaciones se multiplicaron y nuestra hambre y sed fueron extremas.

Padre nos visitó a la mañana siguiente, a las diez en punto... Hizo la pregunta, esperó la respuesta y, al no ser satisfactoria, se marchó...

Durante aquellas horas, las discusiones, las peleas y los reproches entre nosotros se repitieron cíclicamente hasta agotarnos... Pero nadie daba su brazo a torcer...

Hasta que el mayor de los gemelos, al final de aquel segundo día, tuvo claro qué había que hacer...

—Quizá nadie los tiene... Yo al menos no los tengo, mi

hermano tampoco, y debo confiar en que vosotros tampoco...

El otro gemelo estaba tras él y lo asentía todo con la cabeza. Daba la sensación de que aquella idea que iba a proponer era de ambos...

—Dime algo que no sepa —dijo el mayor...

Siguió hablando el otro gemelo después de que tuvieran un pequeño rifirrafe. El primero iba a continuar, pero el segundo lo interrumpió...

—Pues que alguien debe confesar —explicó el gemelo pequeño.

Se creó un silencio. Nos miramos.

—Alguien debería mentir —añadió—. No sé vosotros, pero yo tengo mucha hambre y sed. Y supongo que los demás también. Se nota, el sonido de vuestros estómagos os delata...

»Que alguien confiese por el bien de todos. El castigo, sea el que sea, será compartido por todos.

Nos volvimos a mirar... Parecía el inicio del fin...

—¿Y los anillos? —pregunté.

—¿Cómo? —dijeron los gemelos al unísono.

—El que confiese deberá entregar los anillos o padre no cederá —añadí.

—No lo sabemos —replicó el mayor llevándome como siempre la contraria y queriendo apropiarse de la idea de los gemelos—. Quizá si tiene un culpable...

—No cederá —dije seguro.

Parecía que íbamos a volver a las trifulcas de hacía dos días, pero el gemelo mayor lo evitó.

—¡¡¡Dejadlo, por favor!!! Le diré que he sido yo. Le confesaré que los tiré al lago —dijo muy seguro—. Seguramente me hará buscarlos por el lago y lo haré. Pero esto debe acabar. Quiero volver con madre. Madre ha sido siempre nuestro alimento. Las consecuencias o su reacción ya vendrán, ¿no? ¿Estamos de acuerdo?

Nos quedamos boquiabiertos, pero no porque su discurso fuera tan coherente, sino porque allí estaba el germen del adulto que sería... No me extraña que tiempo después se casara con aquella mujer tan inteligente, que ella lo eligiera...

Pero nadie llegó a contestar porque, justo detrás de él, estaba madre... Fue un momento tan alucinante... No había podido llegar en un instante mejor...

No quise imaginar cómo había llegado ahí. Ella miraba al gemelo mayor con admiración y al resto con una sensación de felicidad completa.

—No hará falta... No hará falta mentir para verme... —susurró.

El gemelo cambió de cara cuando la escuchó y fue a abrazarla... El otro gemelo se unió a aquel abrazo inmediatamente.

El mayor y yo mantuvimos la distancia, no es que no tuviéramos ganas de abrazarla, sino porque la reacción de los gemelos había sido tan potente que temíamos no estar a la altura de los pequeños.

Ella se acercó a nosotros. Sabía lo que iba a hacer.

Cerró los puños... Puso uno hacia mí, el otro enfocando al mayor...

—Tengo dos sonrisas escondidas en mis manos —dijo.

Los dos sonreímos a la vez.

—No, no —matizó—. No son sonrisas pequeñas, son de oreja a oreja. Cogedlas, ya no quedan muchas de éstas.

Abrió los puños y los dos sonreímos como idiotas. Madre nos abrazó, uno a uno, tomándose su tiempo.

—Yo no tengo los anillos —dijo el mayor en su abrazo.

—Shhh... —replicó madre haciéndole callar—. ¿Qué importan los anillos?

Se sentó en el suelo, estaba cansada. Nos sentamos alrededor de ella.

—¿Estás bien, madre? —pregunté.

Sabía que no lo estaba. En su estado, haber recorrido la distancia entre casa y el lago era una auténtica locura.

Asintió suavemente con la cabeza.

—Estoy feliz, necesitaba veros... No importa nada más.

Respiraba mal... Nos acercamos más y formamos un círculo alrededor de ella.

—Padre... Padre tiene miedo... No le hagáis caso... Cuando la gente tiene miedo no actúa con normalidad... Tenéis que prometerme que nunca tendréis tanto miedo que os impida actuar con normalidad...

El gemelo pequeño la miró y supimos qué iba a decir.

—Yo lo tengo ahora... —Su voz sonó tan débil.

Madre se acercó más a nosotros... Nuestra decena de pies estaban muy juntos... Sentíamos el calor de los otros. Sabía que era el instante de su discurso final... Su otra herencia... Todos lo notábamos...

—¿Te estás muriendo? —dijo el mayor rompiendo el respeto que ese momento necesitaba.

Ella le miró... Tardó en responder.

—Hay un poema que me encanta... —respondió—. Habla sobre la separación de unos padres... Dice que son muchas cosas a la vez... Para los niños, el primer fin del mundo... Para los muebles son golpes, cargas y descargas... Para las paredes, cuadrados con forma de cuadros inexistentes...

Madre nos miró... El gemelo mayor fue el primero en hablar...

—Tu muerte será dejar el fútbol. Ya no habrá más balones ni gritos de gol...

El gemelo pequeño también se unió a aquello.

—Tu muerte será sentirme nuevamente diferente... Menos susurros en tu cama, menos secretos... Menos nuestro mundo...

Miré al mayor, vi que no iba a jugar. Yo sí que participé.

—Tu muerte hará que ya no haya más sonrisas en puños... Y quizá encuentre más violencia en otros...

El mayor explotó. Se veía venir.

—¿No lo puedes hacer de una forma normal? —dijo levantándose y rompiendo aquel círculo—. ¿No puedes hacerlo como lo haría otra madre, sin hacernos reflexionar...?

»No lo quiero hacer, no quiero jugar a este juego absurdo...

»No quiero pensar qué será de mi vida sin ti... No eres un tema para un poema...

»Eres mi madre...

Dejó de hablar, pero enseguida volvió a la carga...

—¿Quieres saber realmente qué serás si mueres? Pues palabras, sólo eso...

»Escuchar muchos "lo siento" y "te acompaño en el sentimiento..." de gente que jamás te ha venido a ver...

»Y, en el futuro, escuchar muchas más palabras el resto de mi vida... "¿Fue difícil perder una madre tan joven?" "¿Cómo lo llevaste...?"

»Te convertirás en frases y palabras que dirán unos desconocidos que nunca formarán parte de mí... Un montón de palabras que jamás querría escuchar... Eso serás...

Madre lo cogió del brazo y lo hizo volver a sentarse, retornar al círculo...

Mi hermano mayor lloraba como nunca le había visto hacerlo... Temblaba y gimoteaba sin abrir los ojos...

Siempre he creído que una persona que no permite que vean sus ojos siente mucho placer o mucho dolor... Y es que cuando los cierras completamente sólo puede significar que estás en tu propio mundo... Y los mundos propios suelen ser tan personales que necesitas que el exterior no te salpique...

Madre tardó en contestarle... Lo acariciaba... Mi hermano mayor estaba destrozado... Los demás también estábamos rotos por ese monólogo lleno de dolor...

Quizá tenía razón y aquel fuera nuestro futuro...

—Estarán las palabras de los otros... —dijo madre suavemente al oído de mi hermano mayor—. Pero también estarán las mías...

»Llegar a este campo de fútbol ha consumido parte de mi último combustible... Lo noto...

»Pero qué son seis horas sola en la cama o veinte minutos acompañada de los tuyos... De tus hijos... La decisión ha sido tan fácil...

»Además, siempre he sido más de exteriores que de interiores... Si podéis, jamás pongáis muchos interiores en vuestra vida...

Me miró... Yo temblé... Sabía que iba a hablar de mí, darme esa herencia en forma de palabras...

—Nunca conseguiré que tu vacío se llene... —me dijo—. Nunca te consolará ninguna de mis palabras... Pero tu rabia te hará fuerte... Utiliza tu rabia a tu favor...

»Y cuida de tu padre, cuida de tu padre cuando sus fuerzas flaqueen, eres el único que...

Y en aquel instante la muerte le llegó... Cuando sus consejos comenzaban... Se desvaneció... Yo no paraba de prometerle que lo haría...

«Cuidaré de él... Te lo prometo... Cuidaré de él...»

Yo no podía dejar de chillar, quería que continuase,

necesitábamos aquellas frases, aquellos consejos para poder seguir viviendo en este mundo...

Todos esperábamos que pasaran aquellos noventa segundos de mareo y que volviera... Pero no volvía... Gritábamos, chillábamos... Pasaron noventa más y noventa más... No retornaba, pero allí estábamos, esperando un milagro...

Todos destrozados, todos muertos de miedo, todos huérfanos...

Y es que madre murió y sentimos que había sido una despedida tan abrupta...

Y allí quedó, en el centro del campo de fútbol... Mis hermanos la cogieron en hombros y la llevaron a casa mientras yo me lanzaba al lago. Quería llegar a casa del médico...

Fue un acto loco, estúpido. Me lancé al lago en busca de una solución cuando ya no existía ningún problema...

Ellos, de alguna manera, lo habían aceptado. Llevarla a hombros era un pequeño paso...

Pero reaccionáramos como reaccionásemos, madre había muerto... Y padre nos había impedido despedirnos...

Aunque no era el único culpable, quien robó los anillos también era responsable...

Durante años, el tema de los anillos apareció recurrentemente en nuestras vidas... Saber quién se los llevó, quién impidió gozar más de madre con su mentira, fue un asunto familiar, mejor dicho, un asunto de hermanos...

Padre jamás volvió a preguntar sobre aquello... En realidad, padre jamás volvió a ser él...

Incineró a madre... Destrozó su cama, creó aquella mierda de banco y ya nunca más volvió a hablar de ella...

Tampoco volvió a dirigir una película ni a tomar el mando de su familia...

Se podría decir que aquel día perdimos a madre y padre nos abandonó...

Y no sólo a nosotros, sino, como os he comentado, también al cine... Ni dirigió, ni escribió, ni miró más cine...

Aunque no os lo puedo asegurar del todo porque los cuatro hermanos, en cuanto tuvimos la oportunidad, abandonamos aquella casa.

A veces para aprovechar oportunidades únicas, en otras ocasiones simplemente porque nos ofrecían simplemente una escapatoria...

Diría sin duda que hubo víctimas colaterales... Amores que no fueron tan deseados ni trabajos tan ansiados... Pero marcharse se convirtió en nuestro propósito vital...

Y es que todo en aquella casa rezumaba a madre y se hacía duro permanecer allí... Además, el odio a padre, a su forma de castigarnos aquel día, fue en aumento... E irónicamente, el único que recibió un legado de madre en forma de palabras, el que debía cumplir la promesa de cuidar de él, fue el primero en marcharse...

Y con los años, ahora que miraba el rostro de mi hermano mayor, notaba cómo aquel odio prevalecía... El odio por la búsqueda del culpable...

—Los gemelos murieron confesando que ellos no habían robado los anillos —dijo.

Volvía con el eterno tema.

—¿Y?

—Lo hubieran confesado... ¿Por qué se lo llevarían a la tumba? ¿Fuiste tú?

Supe qué quería decir... Tres caballos que miraban desde otra valla cercana se acercaron a mí, parecían desear escuchar mi confesión.

Padre estaba lejos, continuaba con sus croquis. Odiaba volverme a encontrar en esa situación...

—Podrían haber mentido los gemelos, ¿no?

—¿Por qué lo harían?

—No lo sé... Madre dijo que olvidáramos lo de los anillos... Quizá fuiste tú, ¿no?

Me cogió fuerte del cuello. Los caballos se espantaron. Casi había olvidado que tu hermano mayor siempre tiene y tendrá más fuerza que tú.

—Yo no los cogí... Así que ya sabemos quién fue... —afirmó.

Me soltó y me aparté de él. Le tenía un poco de miedo.

—No sé cómo convencerte —respondí.

Las gemelas comenzaron a llorar. Casi las había olvidado.

—Ayúdale... —le dije—. Ayuda a padre, se lo prometimos a madre. Casi no le queda nada, está perdido, dile que le dejarás rodar aquí...

Me miró, pero no supe comprender qué significaba esa mirada. Era muy acuosa y un punto turbia...

—Se lo prometiste tú... A ti es al único a quien llegó a decirle algo...

Llamó a padre mientras se dirigía hacia él.

—¡Oiga! —le gritó—. ¡Venga!

Padre se giró y vino tranquilamente hacia nosotros. Miraba a mi hermano, pero él no le devolvía la mirada. Me imaginaba lo que iba a hacer.

Padre se acercaba ajeno a todo.

—¿Os habéis puesto de acuerdo? ¿Podemos rodar? —preguntó.

Seguidamente, padre señaló a un chico pequeño que estaba cuidando un caballo tras una verja... Era el hijo pequeño de mi hermano... Tenía unos ocho años... Se parecía tanto a él...

—¿Cree que el chico este que cepilla al caballo querrá actuar? Sería ideal como protagonista...

Aquello fue la gota que colmó el vaso. Mi hermano bramó...

—Fuera de mi propiedad... Eres un hijo de puta y lo seguirás siendo siempre... Y además, aunque tú lo olvides, muchos lo recordaremos...

Padre no reaccionaba. Diría que no entendía nada...

Y fue entonces cuando mi hermano mayor le devolvió aquella bofetada que había recibido hace años...

Fue doloroso verle pegar a padre... Sentir tanto odio

en otra persona hace que te cuestiones el tuyo propio...

Padre no hizo nada, no reaccionó, eso fue lo peor...

Mi hermano ya no dijo nada más. Se marchó hecho una furia, llamó de un grito a su hijo y ambos desaparecieron... Hasta diría que todos los caballos se apartaron un poco de nosotros...

Padre no dijo nada, yo tampoco... No sabía si había comprendido lo que acababa de pasar... Su falta de dolor, de reacción, comenzó a mover algo en mí...

Se subió al coche desilusionado y muy tocado, como si le hubieran extirpado algo que le era necesario para vivir.

El mayor había aprovechado aquel instante de debilidad de padre. Jamás había sido fácil hacerle daño porque nunca vimos nada que él amase tanto para arrebatárselo.

Y es que desde que murió mi madre, nada parecía importarle... Pero aquel no era padre y por eso tenía ilusiones...

Montamos en el coche... No habló durante el viaje de vuelta.

A la media hora, comenzó a temblar... Más que temblar era un chasqueo en su mano izquierda...

Y fue ése el instante en que vi su tic...

Era doloroso observarlo. Como había predicho Voy, se dislocaba y colocaba el índice en numerosas ocasiones. Ese gesto repetitivo tantas veces escondido era ahora mostrado...

Quizá su mente no reaccionaba a lo que mi hermano le había chillado, pero diría que su cuerpo sí lo hacía...

Y poco a poco aquel tic derivó en temblores y seguidamente en pequeños chillidos de dolor...

Cuando llegamos a casa, ya tan sólo gritaba... Las niñas se asustaron y lloraban junto a él.

Lamentos de primera y tercera edad se mezclaban. No sabía cómo consolar ni a uno ni a otras...

Le acompañé hasta el porche. Al dolor y a los gritos se habían añadido unos espasmos y un sudor frío que le recorría todo el cuerpo.

Suerte que allí estaba aquella mujer que lo cuidaba. Lo cogió y se lo llevó hacia la habitación...

—Ya le dije que las tardes son malas... Ya verá cuando lleguen las noches...

No quería quedarme... No lo deseaba por nada en el mundo, pero lo hice... Debía hacerlo... No lo había cuidado en aquella cuadra, no había estado junto a él... Madre no estaría orgullosa de mí...

Puse a dormir a las gemelas en el despacho de padre, que era la zona más alejada de su habitación. No deseaba que le oyeran sufrir...

Y seguidamente me dispuse a ver cómo era ese inicio de tarde... El reloj tan sólo marcaba las cinco... Aquella enfermera estaba al tanto de todo y no paraba de cuidarlo. Lo que viví junto a ella fue doloroso...

Doloroso para mi padre que lo estaba viviendo, para la enfermera que lo cuidaba y también para mí, que no hacía nada, tan sólo observar...

Prefiero no relatar todo aquel dolor, todos aquellos detalles que me superaron. Sólo deseaba que volviese el día siguiente, la mañana... Que volviese el hombre que deseaba comenzar un rodaje en un par de días...

Cuando finalmente se durmió, me di cuenta de lo terribles que eran aquellas tardes, todo lo que él debía de aguantar... No podía ni imaginar cómo serían las noches...

No sabía si fue una tarde normal o si mi hermano le había incrementado el dolor con sus reproches y la bofetada... Lo que estaba claro es lo que debía hacer...

Aquella película era de las pocas cosas que le conectaban con el no dolor...

La única medicina certera, y yo pensaba conseguirle un poco más...

No sabía bien por qué lo hacía... Quizá mi hermano tenía razón... Pero aquella segunda visita me había transformado...

Ver el odio de mi hermano había suavizado el mío...

11

VIDA QUE TE RETORNAN...

Volví al despacho. Aún no se había hecho de noche... Los bebés dormían. Cogí la lista de Voy y llamé uno a uno al equipo de su primera película.

No fueron llamadas fáciles, quizá diría que fueron las más complicadas que he hecho.

Revivir el estado de mi padre fue duro, pero no tanto por lo que les contaba como por sus silencios, por cómo se lo tomaban..

Les cité el lunes a primera hora en la cuadra de mi hermano... No sé por qué, no sé qué quería filmar allí, pero deseaba darle los medios para que lo pudiera hacer si al final se le ocurría...

Quizá si estaba al lado de su equipo, de su gente, sabría expresarse...

Todos dijeron que sí. Era increíble el amor que profesaban por mi padre, por su dios... Era como si le debieran algo.

Los hijos le odiábamos; su familia cinematográfica lo daría todo por él.

Entre las treinta y seis personas que dijeron que sí estaban su fotógrafo de toda la vida, eléctricos, decoradores, maquilladores, peluqueras, su actor fetiche... Todos estaban vivos, como esperándole. Parecía increíble...

Muchos llevaban años sin hablar con padre... No tenían su teléfono fijo... Y padre nunca tuvo móvil, no creía en aquellos aparatos. Decía que si era tan fácil encontrarte, la gente no lo valoraba.

Yo creo que era al revés... Le gustaba el hecho de que fuera complicado dar con él... De pequeño, toda mi vida me pregunté en qué país andaría y qué estaría rodando.

Cuando acabé la última llamada salí de casa. Estaba aturdido, necesitaba respirar...

Fui andando hasta el centro de aquel campo de fútbol, no había vuelto allí desde que todo pasó. Nunca más volvimos a jugar...

Y fui al centro del campo. Allí enterramos la pelota. Toqué aquella tierra sin atreverme a removerla. Sabía que estaba allí debajo.

Respiré fuerte, necesitaba oxigenarme. No sabía bien por qué estaba haciendo todo aquello.

Me senté en el centro del campo, miré el lago. Hacía tiempo que no sentía tan claro cuál era mi destino.

Creo que la última vez fue cuando desapareció la otra gemela. ¿Os había contado que no estaba en aquella guardería de hospital? Sí, supongo que sí.

Aquel día casi me vuelvo loco. No podía velar a mi

mujer ni dedicarme a la otra gemela. Me la llevé conmigo a toda velocidad rumbo al lugar del accidente... Si no estaba aquí, estaría allí... Estaba seguro...

Cuando me llevé del hospital a la gemela mayor emitió un pequeño «tun» que debía de significar: «¿qué está ahora haciendo éste?»

Fui con la policía... Fue la última vez que pasé por aquella carretera... Recuerdo llegar y parar al lado de la calzada donde horas antes se había estrellado mi mujer...

Quedaban trozos de faros por el suelo... Y pensar que mientras todo aquello pasaba en aquella luminosa carretera, yo estaba en aquel cine oscuro...

Llevaba a la gemela en los brazos... No quería que tocase el suelo... Me senté en un extremo de la calzada, justo en la zona donde habían encontrado el coche... Creo que esperaba una señal, quizá escuchar de lejos uno de los «tun» suaves de la otra gemela...

—Lo hemos mirado todo... Tres brigadas... —dijo aquel policía.

No me interesaba nada de lo que me dijera...

Antes de ir allí habíamos estado en el depósito y observado el coche, que estaba siniestro total... Ni rastro de la presencia de la otra gemela.

Fui yo quien me empeñé en ir hasta el lugar de los hechos. Opinaban que no tenía ningún sentido... Supongo que para ellos no lo tenía...

Yo sí que tenía la sensación de que la pequeña estaba

por allí cerca... Y es que mi mujer, cuando lloraban mucho, a veces las separaba y colocaba a una en el asiento de delante.

El policía me miraba con cara de no entender qué hacíamos allí... Seguro que pensaba que era un padre que no aceptaba la muerte de su hija o que creía tener gemelas...

—Hemos rastreado toda la zona, se lo puedo asegurar...

No lo escuchaba. Hay gente en este mundo especialista en destrozar tus esperanzas. Se dedican a ello sistemáticamente.

Comencé a andar por el lateral de la carretera... Intentaba encontrar algo y alejarme de aquel hombre.

Fueron los minutos más terribles de mi vida. Con la gemela en mis brazos, tres policías me seguían de lejos... La imagen debía de ser muy cómica vista desde fuera...

De repente me di la vuelta y me fui en sentido contrario. Pensé que quizá, por alguna razón, había salido despedida hacia atrás en lugar de hacia delante...

Creo que el policía que no paraba de hablar enseguida entendió lo que pensaba. Sacó unas fotos del portafolio que llevaba y me las mostró...

—Las ventanillas del coche están intactas... Tanto la delantera como la trasera... y todas las laterales.

Le hice callar. No quería presión. Tan sólo cogí la foto y la observé.

Ciertamente no había ningún cristal roto, tan sólo las de los faros, tal como había visto hacía poco en directo en aquel depósito... Pero ya no lo recordaba... Me empeñaba en buscar otra salida...

De pronto vi que la ventanilla del copiloto estaba bajada...

—¿Y si salió despedida por la ventanilla lateral? —dije señalándola.

El policía parlanchín miró la foto, creo que no se había percatado de aquello. Llamó a un perito. Tuve la sensación de que aquel hombre que se acercaba sí que tenía todos los datos y el otro sólo lo repetía.

El segundo policía era más silencioso. Miró la foto.

—La trayectoria del objeto... —Me miró y se dio cuenta del error—. La trayectoria de un posible bebé situado en el asiento del copiloto jamás podría ser a través de esa ventanilla... Hubiese sido hacia delante...

Fue seco, frío... Devolvió la foto y se retiró.

La volví a mirar. Supongo que tenía razón...

Me senté nuevamente en el suelo... Y de repente lo tuve claro... Quizá la gemela no estaba en aquel coche y mi mujer se la había dejado a alguien... Quizá no se encontraba bien y la dejó en casa de una amiga y ésta me llamaría dentro de poco para que la fuera a recoger...

Cogí mi móvil, marqué los tres números que poseía de sus amigas más íntimas...

Cuando descolgó la primera, colgué... Recordé que tendría que explicarle todo y no podía...

Enseguida sonó el teléfono. Su amiga me estaba devolviendo la llamada, pero no lo cogí...

Pensé, respiré... Y al recordarlo, también respiré en aquel centro del campo de fútbol.

Lloré sólo de recordar aquel instante, de las pocas veces en mi vida adulta que me había sentido indefenso.

Pero aquel día, en aquella carretera, sabía que debía hacer las llamadas y que necesitaba mentir. Era lo coherente... Curiosamente, lo coherente era mentir...

Las llamé y les mentí mientras cientos de coches circulaban por aquellos cuatro carriles y tres policías me miraban alucinados mientras yo tenía una conversación intrascendente.

Les hablaba de quedar pronto, de la película que había visto... Seguramente la conversación que habría tenido si todo estuviera bien... Si todo hubiera ido bien.

Cada llamada duró quince minutos... Llamadas difíciles, complicadas, llenas de mentiras. Me sentía mal, pero en aquel instante ni yo podía aceptar que mi mujer había muerto... Como para pedirle a otra persona que lo hiciera por mí.

Al final de la conversación, como si fuera lo menos importante, les preguntaba por mi mujer y mis hijas, si las habían visto, porque ella no me cogía el móvil...

En el instante que tardaban en contestar a esa pregunta inocente se me ponían todos los pelos de punta. Era una emoción total a la espera de un sí.

Tres llamadas a sus tres mejores amigas, tres silencios y tres noes...

No la habían visto aquel día... Finalizar después aquellas

conversaciones era fácil, rápido y aséptico... Una excusa y colgaba...

Días más tarde, cuando las vi en el cementerio, me miraban como intentando comprenderme, pero yo jamás me expliqué.

A partir de allí llamé a otros amigos de intensidad baja... Difícil creer que ella los dejara con ellos, pero lo debía probar...

Con cada llamada negativa me iba quedando con menos posibilidades y me iba hundiendo. Emocional y físicamente...

Se hacía de noche. La policía estaba fatigada, los coches ya no pasaban ni con intensidad. El tráfico había bajado al mismo ritmo que mis esperanzas.

Nadie me decía nada, no se atrevían. Y yo seguía llamando... Aunque cada vez bajaba más el listón...

A algunas de aquellas personas con las que hablaba hacía años que no las había visto...

Hasta que, cuando ya anochecía, se me ocurrió. Ella siempre me enviaba mensajes gratuitos. Aún no había comprobado aquella mensajería. Supuse que allí explicaba dónde estaba la otra gemela. Ella misma me daría la clave de la solución.

Abrí aquel programa de mensajería y allí estaba su nombre y un mensaje no leído.

Lo abrí lentamente, como quien espera el maná deseado.

Creo que los policías olfatearon algo al ver que mi posición corporal cambiaba y se acercaron a mí...

Aquella era la última esperanza... El mensaje ponía:

Llegaré 15 minutos tarde, te quiero...

Sus últimas palabras, su epitafio...

Me imaginé la escena en mi mente. Ella apretando el acelerador, intentando recuperar aquel tiempo perdido para llegar antes que yo a aquel restaurante cercano al cine...

No pude más que responderle, aunque sabía que jamás lo leería...

No importa, yo también te quiero

Fue mi forma de despedirme de ella... Tardé en escribir cada letra... Las pulsaba lentamente y aquello formaba parte de la despedida.

Cuando acabé, me levanté, deserté y finalmente envié el mensaje...

Y cuando ya me marchaba con la gemela totalmente dormida en mis brazos, sonó aquella corneta...

Aquella corneta odiosa que ella llevaba en su móvil para indicar que le había entrado un mensaje. A ella le gustaba porque le parecía medieval, épico...

Todos los policías se miraron. Buscaron en sus bolsillos por si alguno llevaba aquel tono en su móvil.

—¿Recuperaron su móvil? —pregunté.

Todos negaron con la cabeza. Copié mi último mensaje y se lo volví a enviar...

No importa, yo también te quiero

La corneta sonó de nuevo. Lo volví a mandar, siempre el mismo mensaje. Era mi SOS personal hacia ella...

A cada corneta, situaba un poco más el móvil...

Sabía que lo que sonaba no era mi otra gemela, pero tenía la sensación de que si ubicaba algo que había en el coche, sería más sencillo encontrarla...

Pero a partir del octavo o noveno mensaje se hizo más complicado, cada sonido de corneta te confundía. Creías que debías ir en una dirección, pero la siguiente corneta te indicaba el sentido contrario...

Los policías no intervenían, sabían que aquello era algo que debía hacer yo solo... Lo agradecí...

Necesité veintitrés mensajes hasta que lo encontré. Estaba a casi cincuenta metros de donde envié el primer mensaje. Fue una suerte que llevara aquella estridente corneta y que el viento fuera favorable...

Y allí estaba, en medio de aquel bosquecillo que colindaba la carretera. Justo al lado de un pino cuyas ramas se bifurcaban como locas en todas las direcciones posibles...

En el suelo, malherido, estaba su móvil. La carcasa estaba hecha añicos.

Envié un último mensaje:

No importa, yo también te quiero

La última corneta que sonó parecía tal cual un grito de auxilio.

Lo recogí como aquel que ha encontrado parte de uno y ése fue el instante en que la gemela que llevaba en mis brazos se despertó y se puso a chillar su «tun»... Un «tun» muy agudo mientras no paraba de señalar el móvil...

No sabía si me quería hacer ver que aquello pertenecía a su madre o que no lo tocara porque estaba hecho añicos.

Pero los «tun» no cesaban, cada vez eran más intensos. Su dedo no paraba de señalar el móvil hasta que... Hasta que... Hasta que vi que no señalaba el móvil, porque al quitárselo de delante, sus «tun» continuaban indicando una dirección... No señalaba el móvil, sino justo lo que había detrás de él...

Seguí esa dirección que me marcaba y a pocos metros, en el suelo, encontré a la otra gemela... Estaba boca abajo y tapada con un montón de hojas que le hacían de pequeña manta...

La giré. Respiraba con dificultad y en su rostro tenía tres heridas, se había cortado con algo. Le daba un toque de india...

La abracé... Y a los pocos segundos sus ojos y sus «tun» suaves acompañaron a los de su hermana.

Volví a llorar en aquel campo de fútbol como lo había hecho desconsoladamente en aquel bosque al recuperar a mi hija...

Jamás me pregunté si mi esposa llevaba a la gemela en la falda o cómo ocurrió aquel accidente para que llegase hasta allí...

Aquello fue un regalo, vida que te retornan. Fue eso, vida que te retornan cuando ya pensabas que la habías perdido...

Le hicieron muchas pruebas, pero la gemela no tenía ningún daño grave, tan sólo esos tres arañazos en su rostro... Siempre serían parte de sus traumas de la infancia...

Respiré, toqué el centro del campo, de alguna forma rocé la pelota y me dispuse a conseguir que las cosas cambiasen. Lo necesitaba...

Aquella noche debía conseguir que los traumas de mi infancia desapareciesen... Que las marcas internas que me rasgaban el esófago dejasen de doler...

12

ADOPTAR ES MUY DE MADRE

Conduje de nuevo a casa de la mujer de mi hermano... Ya se había hecho de noche, lo agradecí... Ella ya había vuelto a casa. Le dejé a las gemelas, pero no me preguntó absolutamente nada... Tan sólo las acogió y me dejó marchar.

Bajé al sótano a rebuscar entre las cosas del otro de los hermanos gemelos. El pequeño murió pocos meses después que el mayor... Ella los cuidó a los dos. La herencia de mi madre nos llegaba a todos...

Yo nunca tuve mucha relación con mis hermanos gemelos, como os conté. Además, creo que no os había explicado que aquel gemelo no era exactamente el hermano gemelo de mi hermano. El hermano gemelo de sangre... Madre lo adoptó.

Adoptar era muy de madre...

Y es que madre dio a luz al último de sus hijos el mismo día que una mujer que pasaba por el pueblo. Una forastera a la que jamás habíamos visto y a la que después de dar a luz nadie más volvió a ver.

Su niño había nacido con un problema mental, según dijeron los médicos en aquel tiempo.

Madre siempre nos dijo que aquel chaval no tenía nada, absolutamente nada. Así que jamás pregunté mucho más.

Ahora, de mayor, os podría dar mil etiquetas de lo que tenía, pero sería una falta de respeto a madre.

Madre y aquella mujer desconocida dieron a luz a la misma hora y el mismo minuto.

Cuando aquella mujer desapareció, supongo que fruto de la noticia impactante, madre lo tuvo claro... Dijo que aquel chico era gemelo de su hijo. Mismo instante, dos cuerpos naciendo, dos mujeres pariendo... Y lo quiso adoptar.

Padre no estaba aquel día, rodaba algo, no me preguntéis qué... Así que madre decidió unilateralmente que había tenido gemelos y así nos los presentó.

De pequeño, jamás supe aquella historia. Es cierto que no se parecían mucho, pero bueno, como todos los bebés.

Madre los cuidaba de la misma manera a los dos, no hizo jamás distinciones y les hizo sentirse gemelos... Les dio ese sentimiento de seres unidos ante todo...

Jamás vi al gemelo de sangre despreciar al otro. Se consideraban parte de un mismo instante... Eso era lo importante.

Si alguien les preguntaba a ellos por qué no se parecían, se miraban y se veían iguales. Lo que hace la fuerza de la convicción...

Cuando los gemelos cumplieron ocho años, madre nos reunió a todos. Tras un desmayo de noventa segundos, nos lo explicó todo.

Nadie dijo nada, algunos ya lo suponíamos y a otros no nos importaba.

Cuando murió el gemelo mayor, el pequeño contrajo la misma enfermedad que madre. Pareció increíble, daba la sensación de que era algo psicológico, pues no era su hijo biológico y teóricamente la herencia genética no la había recibido...

No caímos en la leche materna. La leche materna sí que la había tomado y a través de allí, al ser su madre y ejercer de ello, recibió su herencia mortal.

Cuando lo visité me dijo que no tenía miedo a morir. Creo que se sentía orgulloso de ser quien era. Y enfermar le hacía sentirse uno más.

Sé que era imposible que él hubiera robado los anillos pero debía rebuscar entre sus cosas, necesitaba su ayuda... Su ayuda en forma de dibujos...

Y es que el gemelo no gemelo dibujaba muy bien... Hacía unas preciosas acuarelas. No sé cómo lo conseguía, pero veía una persona una única vez y recordaba todos sus detalles...

Madre decía que tenía un don. Sus acuarelas eran brutales.

Jamás me ha gustado registrar objetos de otras personas que se marcharon, pero esta vez era necesario. Creedme...

Encendí la luz del sótano. Ella había guardado allí todos los objetos de su marido y de su hermano gemelo...

Cuidó a su marido hasta que murió y luego se hizo cargo del otro. Jamás la escuché quejarse.

Yo les fui a ver a menudo. Perder a tus hermanos es casi como perder parte de uno. Como si se te marchase una arista.

Y allí estaba, viendo los restos terrenales de dos personas importantes de mi vida que habían desaparecido...

Objetos, deseos y anhelos en forma de objetos... Lo que no nos llevamos. Me sentía como un mirón... Y es que ya no existía nadie que protegiese sus secretos, estaban a mi alcance.

Me centré en las acuarelas. Pero aquello no era menor, diría que eran los objetos que más hablaban de él.

Y eso que en vida jamás miré mucho sus pinturas. Sabía que había demasiada parte de su vida...

Viendo aquellas enormes cajas de objetos, pensé lo absurdo que es almacenar cosas en vida. Ahí estaba todo aquello cogiendo polvo, sin dueño, tan huérfano y sin conseguir que ningún otro ser humano se interesase por ello de la misma forma que fue creado...

«Todo tiene menos valor una vez lo adquieres», me decía siempre mi mujer... Era una de sus máximas.

Cuando adquirí el coche supe qué significaba aquello en su plenitud. Lo intentamos vender a los pocos meses al enterarnos de la llegada de las gemelas y nos ofrecieron la mitad de su valor. Y eso que el coche no tenía ningún arañazo ni golpe...

Nos decían que el uso había devaluado su precio. Me indigné... ¿Qué debemos valer entonces los seres humanos según pasan los años...?

El uso... Creo que cuando notas que te toman el pelo de esa manera deberías poder clamarlo a los cuatro vientos.

Quizá por ello con mi mujer hicimos un pacto... Realizamos bastantes, pero aquel fue el gran pacto... Bueno, ya os lo contaré...

Comencé a mirar los cuadros de mi hermano. Sabía lo que buscaba, pero hasta que lo encontrara pasaría por muchas otras imágenes que creó y que no deberían ser vistas.

Notaba que cada rostro que pintaba, cada paisaje, cada color, cada tonalidad hablaban de él, de su incomprensión del mundo, de sus secretos, de sus amores no correspondidos.

Sigo pensando que los amores no correspondidos son la droga natural más potente de este mundo. Tanto de los que los sienten como de los que no los corresponden... Todos siempre acaban sufriendo, pero vuelven a caer en sus redes...

Hay una épica difícil de explicar: se sufre, se intenta, se sufre, se prueba... ¿Qué te lleva a desear a alguien con tanto ahínco cuando sabes que no te quiere? Y si lo has sentido, si te has sentido deseado y has rechazado a la otra persona, ¿por qué entonces deseas a alguien que sabes que no te corresponderá?

No lo sé... Pero sigo pensando que el pacto con mi mujer a mí me salvó de desengaños y frustraciones... Y el pacto duró hasta que ella se marchó, porque me sentí traicionado... No estaba implícito marchar antes que el otro...

Las mujeres de mi vida me abandonaban...

Miré al techo, sabía que justo arriba estaba la habitación de la mujer de mi hermano.

Un tabique separaba su sueño de mis pensamientos. Me la imaginé flanqueada de mis «tun».

Ella las colocaba una a cada lado y les daba la mano fuerte.

—¿No se te caerán? —le pregunté un día.

—Jamás. Aprieto mis puños con fuerza... —me respondió—. Me concentro, ellas se sienten seguras, notan mi fuerza...

—¿Y si te duermes?

—No me duermo —replicó—. Ellas duermen por mí.

Puños, niños... Creo que aquel día fue lo más cerca que estuvimos de que algo pasara entre nosotros. La conversación fue intensa entre líneas, se respiraba mucho amor.

Pero no era el instante ni el momento... Dejé de mirar el techo.

Volví a observar cuadros... Cada detalle de los rostros que mi hermano dibujaba destilaba pasión.

Era como un viaje al pasado. Comenzó a pintar con nueve años, justo después de conocer su pasado, así que en aquellas pinturas veía tenderos, profesores, compañeros de clase... Todos aquellos secundarios de nuestras vidas estaban allí...

Primero dibujaba con trazos de niño, pero, poco a poco, su maestría fue en aumento y aquellos dibujos pueriles fueron cogiendo claridad y peso.

Cada cuadro lo observaba lentamente, lo saboreaba... Me deleitaba con cada pintura, con las que jamás tuve tiempo de gozar...

Yo era su hermano mayor, nunca fui su amigo... Fui amigo de hermanos de otros.

Volví a pensar en el pacto con mi mujer. Aquel instante recordando a mi hermano me llevó...

El pacto lo hicimos una madrugada tras horas de discusión... El primer año de convivencia estuvo trufado de discusiones... Yo era inseguro, no sabía qué buscaba con aquello, sentía que quizá me había equivocado, que había hipotecado mi tiempo y mi amor con la persona incorrecta.

Aquella noche discutimos en el salón hasta que amaneció. Yo tenía frío mientras ella hablaba. El sol comenzó a salir justo cuando el silencio se apoderó de nosotros.

—Hagamos un pacto —dijo.

Ella siempre tenía ideas buenas, la escuché deseoso de encontrar un final. Lo que no sabía es cómo aquello que iba a proponer me inspiraría.

—Lo más complicado en este mundo es no reaccionar de la misma manera a estímulos parecidos. Te hieres y te entristeces... Deseas algo y lo observas... Y a veces no sabes si hacer algo, paralizarte o justo lo contrario... Cada persona tiene reacciones, resortes que provienen de su infancia...

Hizo una pausa... Yo estaba ensimismado, jamás me había atrapado tanto aunque su discurso fuera inconexo... Pero es que aquel *speech* no me sonaba a nada conocido... Ella hablaba sin rencor, sin querer aleccionarme por mi enésimo error.

Recuerdo que tardó en continuar... Tanto que pensé que perdería aquel sendero certero... Pero ahí estaba, lo tenía...

—Los resortes nos causan infelicidad porque nos llevan a los mismos lugares, y en esos lugares ya hemos estado y vuelve a haber ahí decisiones y nuevos resortes que nos llevan a otros sitios semejantes al primero donde estuvimos... Y cambiar los resortes o las costumbres es casi imposible porque desactivas uno y aparecen diez...

Hizo una nueva pausa... No nos miramos... El pacto estaba a punto de aparecer.

—Yo te propongo que me permitas cambiar mis resortes a tu lado. No los juzgues y no los pongas en cuestión. Y yo haré lo mismo por ti... Te permitiré cambiar, que hurgues en tu interior, que me ofrezcas otra versión de ti mismo y no la juzgaré...

»Quiero que llegues a ser tú mismo conmigo... Que tu resonancia interna, eso que te hace vibrar, suene igual que tu resonancia exterior... Que te sientas uno sólo... Que no necesites buscar la respuesta porque ya la tienes dentro de ti...

Me miró. En todo aquel parlamento inicial no lo había hecho. Sentí la verdad de sus palabras. Me ofreció el fin a mi dolor.

Iba a decirle que yo le ofrecía exactamente lo mismo, pero hubiera sido banalizar su discurso y el esfuerzo con que lo construía...

La vida en pareja a veces te lleva a la competencia «y tú... y yo... y tú... y yo...».

Pero en sus palabras había verdad. Es brutal porque la sinceridad siempre me ha atrapado.

Dejó de mirarme, creo que lo necesitaba para continuar.

—Pero todo esto sólo funcionará si hacemos un pacto...

»Si hacemos equipo, si confiamos en el otro, si el respeto para dejarle modificar sus resortes existe.

»La esfera que nos rodea ya no nos deja movernos. Esa esfera está construida con nuestros resortes más inamovibles.

»Crear una esfera nueva que nos cobije es lo más complicado pero es la única forma de continuar.

»Te ofrezco crear esa nueva esfera que nos permita ser tu nuevo tú y mi nuevo yo...

El sol salió. Recordé aquella canción que me fascinaba: «No hay prisa cuando sale el sol en la mañana de una noche larga...».

No nos dimos un «sí» a aquel pacto porque aquello hubiera sido activar un resorte que ambos habíamos utilizado en numerosas ocasiones.

No nos dimos un beso, no nos abrazamos. Tan sólo nos quedamos en silencio y aquel mismo día empezó el pacto... Todo lo que ella pronosticó, pasó y nos permitimos cambiar. Fue épico...

...Hasta que me abandonó en aquel accidente... Perderla no estaba en mis planes, no sabía qué resorte activar... Aún os diría más, perderla hizo que todos mis resortes se fueran a la mierda.

El pacto necesitaba de la otra parte. Pero os puedo jurar que los años que lo pusimos en práctica conseguimos que nuestra esfera fuera gigantesca y llena de nuevas sensaciones y resortes...

Volví a aquel sótano... La tristeza que acompañó mi vuelta fue enorme... Las niñas lloraban en el piso de arriba como si supieran lo que estaba pensando...

Me di cuenta en ese instante de cuánto las había abandonado. Quizá no me diferenciaba tanto de mi padre. Realmente cambiamos poco de una a otra generación.

No podía negarlo, las había abandonado de la misma forma que padre había hecho con nosotros. No era mejor que él, aunque lo creyese.

Qué fácil es juzgar al otro. Respiré fuerte, necesitaba que el aire oxigenase aquellos pensamientos. Enfrentarte a tu verdad te consume.

Seguí mirando aquellos cuadros... Y finalmente apareció...

Allí estaba madre. Guapa, hermosa, increíble... Recordaba aquel cuadro, fue justo antes de que empezara su fin...

Un cuadro lleno de detalles. Bello por quien contenía. Mi hermano amaba a madre y en aquella pintura se reflejaba todo su cariño. Me entusiasmaba aquel retrato.

Me centré en madre, en su rostro, durante un buen rato. Y finalmente fui a los anillos. En su mano se divisaban claramente. Hacía años que no los veía. Me emocioné con tan sólo mirarlos.

Aquellos dos objetos dorados nos habían separado durante años. Estaban tan bien reproducidos mediante aquella pintura... Su mano, sus dedos y las inscripciones de aquellos dos anillos...

Separé ese lienzo del resto. Me sentí mal, os lo puedo prometer. Mi hermano jamás vendió un solo cuadro. En aquel sótano estaba toda su obra, a excepción del que presidía el despacho de padre. Separar otro era casi como un sacrilegio.

Me prometí a mí mismo que lo cuidaría y lo devolvería intacto.

Volví a subir a la planta de arriba. Ella dormía, las gemelas la cogían de las manos.

Me acerqué a ellas y les di un beso pequeño en cada mejilla que fue recibido con sendos «tun» casi murmurados... La miré a ella. Dormía sosteniendo a mis cachorros...

Estaba bella. Siempre he pensado que las personas que realizan actos altruistas respiran de otra manera y generan a su alrededor una energía tremenda.

Ella la poseía, y no porque cuidaba de los míos, sino porque vivía para lo que ella deseaba.

Me hubiera encantado ser así, pero en mi tribu... Y tu tribu no deja de ser tu familia, tus amigos de colegio, tus conocidos de la universidad y finalmente tu pareja... Ellos me habían llevado a verlo todo de esa forma...

Veía a cada uno de mis hermanos en las personas que he conocido después en este mundo... Todos ellos eran reducidos a mi tribu...

He conocido muchas personas idénticas a mi hermano mayor... Otros eran como el gemelo, otros, como el adoptado, y aquello marcaba mis reacciones y mi forma de tratarlos.

¿Y yo? Yo no me veía reflejado, quizá ése era el problema y ella, la mujer de mi hermano, tenía algo de las mujeres de mi vida... Tan sólo algo, quizá por ello el gemelo la eligió.

Sentía que deseaba tocarle el rostro. Pero nuevamente no era el momento ni el lugar de hacerlo.

Me quedé allí, sosteniendo en mi mano el rostro de mi madre y observando el de ella...

Al final no pude más y rocé suavemente su cara con mis dedos... Ella emitió un sonido parecido a un «tun»... Aunque quizá no lo fuera... Pero yo creí oírlo...

Me marché, dejando a esos tres seres increíbles respirando aquel mismo aire.

El final estaba cerca...

13

ARCHIPIÉLAGOS DE SINCERIDAD

Cogí el coche y conduje lentamente... Más noche, el día aún dormía. Iba lento, al compás de mis biorritmos vitales.

Estaba acompasado. Sentía que lo que iba a hacer, la culpa que iba a asumir, no era del todo un acto altruista. Tan sólo lo hacía para cerrar una herida y un círculo...

Levantar esa campana de cristal que me separaba de mis hermanos, el que quedaba en este mundo y los que ya habían marchado.

Y es que odiar tiene tan poco sentido...

En realidad, todas las fases por las que pasas cuando hay un desacuerdo total carecen de sentido. Siempre he creído que esos indicios de desentendimiento empiezan con algo inesperado, una emoción que no sabes ubicar...

Seguramente tiene que ver con perder a alguien de tu vida sin un motivo, de la noche a la mañana, sin posibilidad de luchar... Es terrible... Eso lo inicia todo...

Yo diría que el ser humano no está jamás preparado

para ese tipo de pérdidas y por eso lucha contra ello y a veces pierde su ánimo en el camino...

Mi mujer sabía de eso. Me lo enseñó. Siempre fue mucho más evolucionada que yo en todo lo que se refería al ser humano.

Ella me decía que jamás en la vida te tienes que preguntar el porqué de las cosas, pues no existe... Creía que los porqués sólo conducen a la tristeza, a la depresión y te hacen caer en el pozo.

—La gente no actúa de forma normal. Sus resortes muchas veces no tienen sentido y son incomprensibles... Y es que, si uno no se comprende a sí mismo, ¿cómo va a comprender a los demás? —me decía.

Ella jamás se metía con nadie, no intentaba comprenderlo todo. Nunca le escuché un reproche contra nadie.

Ella siempre se llevaba de viaje una versión antigua que tenía de *De profundis*, el libro de Oscar Wilde.

Nunca me contó qué sucedió, pero sé que a los catorce años algo le pasó, se preguntó el porqué y cayó en el pozo.

Un pozo terrible de tres años duros, de noches sin dormir, de sentir que el Universo te ha dado una pregunta que no sabes responder.

Jamás me quiso hablar de ello, aquello pertenecía a otro tiempo... Pero sí que me contó que aquel libro la salvó.

Se lo regaló un hombre siciliano que conoció en Buenos Aires. Ella vivía en Argentina desde pequeña, en aquel país pasó lo que la trastornó y allí también se solucionó.

Ella iba a menudo a una librería, el Ateneo... Un bello teatro que se transformó en una hermosa librería...

Me contaba que cada tarde se acercaba allí y tomaba un café en el escenario reconvertido en bar.

Y allí disfrutaba de un café pausado mientras veía transcurrir su lenta tristeza.

Aquel era el único sitio donde se sentía bien y al único al que se permitía ir... En aquel escenario habían actuado cientos o miles de actores creando personajes memorables y, de alguna manera, sus espíritus se unían a ella y la reconfortaban...

Era el café corto más largo... Sorbo a sorbo, observaba a la gente remirar libros en las casi tres plantas en forma de platea y anfiteatros.

Le aliviaba mirar a aquella gente rebuscar entre libros, era lo único que la sacaba de casa.

El día que me contó aquello sentí que me hubiera gustado tanto ayudarla, estar allí, tener una solución para ella... Pero era más un sueño que una realidad... El daño que le hizo aquella persona no sería solucionado por otra... Era mucho más complicado...

La solución estaba a ciento quince años de ella...

Me contó que el camarero siciliano que le traía el café siempre se lo llevaba a una temperatura extrema porque sabía que ella tardaría en bebérselo.

Era un hombre mayor, canoso y con acento marcadamente italiano...

Ella siempre esperaba que él quedara libre para pedirle el café... Él también trataba de buscarla...

Jamás hablaban más que aquellas pocas palabras relacionadas con la consumición.

Hasta que un día, nueve meses más tarde, me relató que una noche que casi no había nadie en la librería, porque el fútbol y la lluvia que arreciaba se juntaron y lo impidieron...

Y fue aquel día cuando él se sentó junto a ella.

Cuando años más tarde me lo relató hizo una gran pausa en aquel instante. Fue como si volviera a aquella edad, a ese momento...

Tenía *De profundis* en los brazos y lo sostuvo con fuerza.

Ese libro había estado tantos años en sus manos y todavía me emocionaba cómo lo cuidaba. No recuerdo ningún momento de su vida en que no lo tuviera a menos de un metro de ella, siempre muy cerca, como si ese libro la protegiese.

Nunca la vi leyéndolo, pero allí estaba siempre... Creo que era un seguro por si aquello, aquel dolor tremendo, algún día retornaba...

Cuando ella murió encontraron el libro en la guantera del coche medio quemado... Ahora era yo quien lo llevaba cerca. No lo leí jamás, pero saber que a ella le había ayudado era suficiente para mí para tenerle un respeto eterno.

Y fue en aquella noche lluviosa, donde sólo estaban

ella, aquel siciliano y un par de vendedores de aquella inmensa librería, cuando se produjo el milagro.

Él puso en el hilo musical de la librería la música de la *Cavalleria rusticana*... La primera vez que la escuchó no la conocía, pero se convirtió para siempre en la banda sonora con la que se atrevió a acercarse a ella.

—¿Me permite?

Y se sentó. Traía otro café. Ella me explicó con todo detalle cómo ocurrió, como si explicara un salvamento épico.

—No quiero meterme en su vida —le dijo—. Yo soy afortunado de contar con su presencia cada tarde, pero el lujo ha de ser del mundo, sería egoísta por no compartirlo.

»Sea quien sea, haya pasado lo que haya pasado, sólo hay una solución, y a veces lo más increíble es que en el dolor de otro ser humano, en su sufrimiento, puede estar la cura del nuestro.

Y fue cuando le tendió el libro *De profundis* de Oscar Wilde. Ella no dijo nada... Él se levantó y se alejó...

Seguía sonando la *Cavalleria rusticana,* el acompañamiento perfecto para aquel instante.

Ella abrió la primera página... Había una dedicatoria...

«Leerlo a sorbos cortos...»

Ella sonrió, me contó que hacía años que no lo hacía, desde que aquel otro chaval le quitó toda ilusión...

Y no fue por amor todo aquello por lo que sufría... Los temas importantes, los que de verdad valen la pena, no mezclan sólo el amor, sino también la amistad, los sentimientos encontrados y los deseos escondidos.

Pero volver a sonreír al leer aquella dedicatoria fue importante. Sé que quizá no os lo estoy trasladando bien porque son sus palabras, sus sentimientos y su pérdida.

Yo lo único que hago es intentar reproducíroslo tal como ella me lo explicó. Pero introducirse en el dolor ajeno es complicadísimo en esta vida. Tampoco nadie podría relatar aquel día con mis hermanos en el campo de fútbol. Aquello ya está en mi ADN y nadie lo podrá extraer de allí si no lo ha vivido. Ha pasado a mi carácter, a mis acciones y a mis resortes...

Ella también llevaba el suyo marcado, pero aquel día lluvioso en Buenos Aires, aquel siciliano lo cambió todo.

Y ésa es la grandeza de estar en el pozo, que si lo deseas y la ayuda es sencilla, una simple indicación, leve pero acertada, te puede llegar a sacar de allí...

Y *De profundis* la sacó a ella... Aquel libro contenía claves escritas en 1897 pero vigentes en la actualidad...

Pasó la primera página y allí había una segunda indicación del siciliano.

«El primer sorbo está en el punto rojo...»

Y ella buscó el punto rojo en aquel libro... Sin prisa, pero llegó hasta aquella página donde había un enorme punto rojo señalando un párrafo...

Y decía algo como... Me lo contó tan bien que me sabe mal reproducirlo... Pero hablaba de...

«Que si el cuerpo come cosas que no son sanas y las convierte en velocidad y en energía... El alma puede llegar a hacer lo mismo con las malas experiencias del corazón... Que de todo eso se puede aprender...»

Espero habéroslo contado bien... Y aquello sólo fue el inicio... Cada tarde un sorbo con el café corto. La indicación para encontrarla estaba escrita en el azucarillo... Un pequeño punto de color...

Ella lo buscaba y lo bebía a sorbos cortos...

Los siguientes dos cafés hablaban de...

«Que uno ha de perdonar pero no olvidar...

»Lo malo que te ha pasado también forma parte de tu vida...

»No has de empezar una nueva vida, sino entender que la que viene es una continuación por desarrollo y evolución de aquella vida anterior...

»Que el dolor es una emoción suprema... Que con el dolor se construyen mundos...

»Que negar las experiencias es poner una mentira en los labios de la propia vida...»

O algo así... Ella lo contaba tan apasionadamente que siempre me quedaba absorto escuchándola... Esas enseñanzas la habían curado...

Y es que a cada sorbo literario, ella se fue recuperando y convirtiéndose en la persona que yo conocí... Fruto de la superación de un maestro irlandés y también del altruismo de aquel genio siciliano...

El día que se notó fuerte pidió café sin azucarillo.

Fue increíble porque nunca llegaron a hablar de nada de aquello.

Ella se marchó de Buenos Aires... Se recuperó y decidió abandonar aquella ciudad.

En el taxi que la llevó al aeropuerto sonaba el maestro Cacho Castaña y su *Septiembre del 88*.

Las primera frase de esa canción dice así:

«Si vieras qué triste está la Argentina...».

Pero ése sólo es el inicio, la canción está en dos partes: la primera habla de alguien que escribe una carta a un amigo suyo emigrante para contarle que todo está mal en su país y le recomienda que no vuelva...

Pero a la mitad es como si le cayera el mate en la carta y la vuelve a escribir, cambia de opinión y esta vez la misiva es positiva... Hay felicidad dentro de la desgracia...

Y esa segunda parte empieza con:

«Si vieras qué linda está la Argentina...».

Y cuando me hablaba de esa canción, ella sonreía y la cantaba a todo pulmón...

A ella no se le había derramado un mate sino un café... Se había reconstruido a través de la experiencia de Oscar Wilde...

Todo lo que él pasó, lo que él relató desde la cárcel, el largo viaje que hizo hasta escribir esa carta a la persona que le infligió su dolor se había convertido en un atajo para el suyo...

Ya no necesitaba pasar por años y años... Porque el

maestro le había enseñado hacia dónde no dirigirse, dónde no perder el tiempo... Su dolor se convirtió en el propio; sus palabras, en una salida de emergencia...

Y fue en ese tiempo cuando creo que ella decidió que nunca más visitaría pozos.

Cuando la conocí estaba tan construida, tan hecha... Y a mí todavía se me había de derribar...

No sé qué vio en mí, pudiendo estar con gente que hubiera estado en pozos y hubiera salido. En cambio, yo aún seguía encerrado en el mío y ni tan siquiera lo sabía...

Ella sólo me pidió una cosa el día que nos conocimos...

Aquel primer encuentro se produjo en Boston, en el mismo parque donde rodaron la película *El indomable Will Hunting*... Yo estaba sentado en aquel banco, ella llegó y se sentó a mi lado.

No sé quién empezó a hablar, pero os diré que aquel día comimos, cenamos y desayunamos juntos... Hablamos, nos confesamos secretos y hasta tuvimos sexo...

Si diez minutos antes que ella se hubiera sentado en ese banco alguien que me hubiera contado todo lo que pasaría... Si me hubiera dicho que encontraría a mi amor... Yo no me lo hubiese creído...

Pero pasó... No recuerdo qué nos unió exactamente... Pero notamos que estábamos hechos el uno para el otro...

Os he de decir que nos hicimos una promesa al final de aquel día... Fue idea suya... Como siempre...

Pero no era una promesa creada para mí, era la promesa que hacía con la gente importante que formaba parte de su vida o que se daba cuenta de que la formaría en un futuro próximo...

—Jamás nos mentiremos... —me dijo mientras yo estaba a punto de abandonar este mundo en forma de sueño—. Escúchame bien, eso implica algo más que ser sincero... En este mundo mucha gente es falsa... Las mentiras te rodean, saber que existe un archipiélago de personas que siempre te dirán la verdad vale mucho... Quiero que formes parte de mi archipiélago de sinceridad...

Así lo llamaba... Su archipiélago de sinceridad... No conocí a más de aquellas pequeñas islas con forma de personas que siempre le decían la verdad, pero no tuve duda, quise formar parte de ello.

Aunque jamás pensé que ella tendría fecha de caducidad... Su marcha hizo que me sintiera abandonado...

Una isla sincera a la deriva... Eso era yo...

Cumplí siempre la promesa con ella... Siempre le fui sincero en todo... Y eso, tenía razón, era más que decir la verdad... Era hacer equipo, saber que siempre estarás allí, significa ser tierra firme para el otro... Piedras a las que podrás saltar de un brinco sin miedo a caer en el agua...

Y ella también lo fue conmigo. Os juro que saber que puedes confiar en la otra persona, que nunca te mentirá, que siempre te dirá la verdad cuando se lo pidas, no tiene precio... Te hace sentir fuerte, muy poderoso...

Y es que la verdad mueve mundos... La verdad te hace sentir feliz... La verdad creo que es lo único que importa...

Ella era una energía positiva, quizá por ello su archipiélago también rezumaba parte de esa fuerza...

Yo no creé mi archipiélago, tal vez porque jamás encontré gente de la que me fiara y eso era esencial para poder proponerles aquella promesa...

Sólo la encontré a ella...

La echo de menos... Te echo tanto de menos...

Seguí conduciendo hacia mi destino... Todavía más lento que antes... No tenía prisa, deseaba echarla de menos un poco más...

14

NO ABANDONES JAMÁS LOS CHUPETES

Y por fin llegué a mi destino... Llevaba el retrato de mi madre en la mano y los pensamientos de mi mujer en mi mente...

Había llegado a casa del hermano de mi madre... Nunca quiso que le llamáramos tío, era tan sólo el hermano de mi madre...

Jamás me pregunté si era para sentirse siempre más joven o simplemente para no aceptar responsabilidades...

No se casó... Madre me dijo que hablaba con los metales... Pero no era exactamente un joyero, porque no se dedicaba a vender aquellos objetos...

Vivía con poco dinero, siempre lo vi con ropa muy parecida... Venía a comer cada domingo a casa hasta que madre murió...

Nos gustaba, olía a bebé.

Madre le había regalado un enorme bote de colonia de niño después de que ya no lo necesitaran los gemelos... Él se ponía unas gotitas cada día...

También se quedó los chupetes. A veces, cuando trabajaba, se ponía uno en la boca y lo mordía un rato.

«Jamás deberíamos abandonar los chupetes», me dijo un día... Puede que tuviera razón, pero cuando era pequeño pensaba que estaba un poco chalado.

Aparqué el coche cerca de la casa que tenía en la costa... Bueno, su casa era una pequeña cabaña, pero daba al mar, así que él siempre comentaba que tenía el jardín más inmenso del mundo en la parte de atrás...

Llamé a su puerta. No eran ni las cinco de la mañana... No importaba, aquel hombre jamás dormía...

Al abrir, me miró y me abrazó con fuerza...

—Ekaitz...

Era una de las pocas personas que disfrutaba llamándome por mi nombre. Lo pronunciaba con pasión. Al fin y al cabo lo compartíamos...

Me abrazó... Entré en su cabaña... El cuadro colgaba de mi mano... Me llevó a la parte de atrás... Estaba creando una de sus joyas con metales en medio de la arena, en una pequeña mesa que estaba seguro de que él había construido...

Me ofreció un líquido de color parduzco y yo acepté... Detecté algo de frambuesa... Le encantaba crear batidos extraños...

Alguna vez que los hermanos nos quedamos a dormir tras la muerte de madre, nos hizo ir a buscar alimentos de colores por los alrededores y luego los mezcló en la batidora.

Yo recuerdo que cogí muchas uvas... Uno de los gemelos, piñones, el otro, una especie de remolacha, y el mayor, zanahorias... Aquel batido sabía a rayos, aunque no sé si era porque lo habíamos creado entre todos, pero tenía algo de poderoso.

Con los años nos hicimos adultos y él nos pareció cada vez más un niño. Lo abandonamos...

Él no enfermó nunca. Madre decía que la enfermedad lo había visto tan raro que no había querido perder el tiempo con él... Yo creo que los batidos le habían hecho inmune...

Miró el cuadro de madre...

—¿Puedo? —dijo.

Se lo pasé. Miró a su hermana, mi madre, con un cariño brutal. Ojalá yo conservase esa mirada para mis hermanos.

Me lo devolvió sin decir nada. Se iba a volver a poner a trabajar, jamás hablaba mucho.

—Necesito dos anillos como los de madre. —Le mostré la mano de madre en el cuadro—. Tú los hiciste para ella, ¿verdad?

Los miró fijamente.

—¿Para cuándo?

Me encantaba, el hermano de mi madre hacía sencillo lo complicado.

—Para hoy... —contesté.

Volvió a mirar el cuadro y se puso a trabajar.

Quizá me hubiera gustado que me preguntase un porqué, pero entonces dejaría de ser el hermano de mi madre.

—Tardaré un par de horas, pero si quieres puedes bañarte en mi piscina, Ekaitz —dijo señalándome su mar.

No me bañé, no me apetecía, pero acabé tumbado en una de sus viejas hamacas y creo que puse la mente tan en blanco que me quedé dormido. Hacía tiempo que no descansaba tanto...

Cuando desperté, el hermano de mi madre me miraba en silencio... Otro me hubiera despertado.

Tenía una diminuta bolsita en las manos. Me la tendió.

—Han quedado idénticos —dijo...

No la abrí, me fiaba de su palabra.

Me tendió seguidamente cuatro cajitas más... Intenté desperezarme, noté por su mirada que aquello era importante...

—Tu madre me los encargó una semana antes de morir... Los acabé tarde... Crear los modelos exactos que me pidió, grabarlos, no fue fácil...

»Vuestra madre me pidió que si moría antes de que los acabara no os los diese, porque necesitaba ser ella quien os los entregase...

»En estos años, busqué el momento de dároslos, pero nunca lo encontré...

Me tendió las cajitas y yo las cogí.

—Hoy has venido pidiéndome una copia de la seña de identidad de tu madre...

»El único regalo que le hice en vida... Para mí eso es una

señal, has vuelto a traérmela, está en esa pintura. Creo que es como si te lo entregara ella...

»Te las has de llevar...

Le abracé, él me devolvió el abrazo efusivamente... Lo gocé, me dejé llevar...

—¿Una caja para cada hermano?

—Una caja para cada hermano —repitió.

Supe a quién le daría las de los gemelos.

Me marché, pero supe que volvería pronto a visitarle. Era hora de comenzar mi archipiélago. Además, mis «tun» debían conocerlo, les haría bien.

Personas como el hermano de mi madre ayudan a crear un carácter diferente.

Rebusqué en mis bolsillos, siempre acostumbraba a haber uno. Y ahí estaba... Le dejé el chupete del «tun» mayor al lado de su mesa de trabajo...

Él sonrió.

Ya sólo quedaba lo difícil... Aceptar aquello que jamás había hecho para que padre tuviera su fin... Mentir para encontrar mi verdad...

15

CARICIAS INEXISTENTES SOBRE PIEL DURA DE CABALLOS

Llegué a casa de mi hermano mayor en poco más de una hora.

Aún no había amanecido, pero mi sobrino, el mismo que mi padre veía como protagonista, estaba alimentando a los caballos.

Me acerqué hasta él... Me miró... Tardó en decirme algo. Les daba de comer con mucho cariño...

—¿Te gustan los caballos? —me preguntó finalmente.

Afirmé con la cabeza.

—¿Quieres darle de comer?

Volví a afirmar. Sacó un pequeño cuchillo, cortó un trozo de manzana que tenía en la mano y me dijo que la pusiera bien plana. Lo hice...

El caballo se lo zampó de un bocado y en mi mano quedaron un montón de babas.

Me dio otro trozo de manzana.

—Háblale mientras le das de comer y acaríciale entre los ojos pero con fuerza, si no no notan nada, tienen la piel dura...

Lo hice tal como me indicó. Le acaricié fuerte. Pensé en la cantidad de humanos que tendrían aquello en común con los caballos. Piel dura que necesitaba fuertes caricias. Decidí que lo recordaría.

Le enseñé la bolsa con los anillos a mi sobrino, la misma que minutos antes me había dado el hermano de mi madre...

—¿Le darás esto a tu padre? ¿Le dirás que me disculpe y que nos deje rodar la escena contigo el lunes?

Él me miró, no cogía la bolsita.

—Muchas cosas para recordar. —Sonrió—. ¿No sería mejor que le dijeses todo eso tú mismo?

—No puedo... —contesté.

Dudó, pero al final aceptó la bolsita de su tío como yo había hecho horas antes con el mío. El círculo se cerraba.

Volví a acariciar fuerte al caballo. Me di cuenta de que faltaba algo. Se lo debía consultar...

—¿Te gustaría hacer la película si tu padre te da permiso?

Tardó en contestar. Tocó antes al caballo.

—El director es mi abuelo, ¿verdad?

—Sí...

—¿Y no sabe que es mi abuelo?

—No...

Pensó.

—¿Está enfermo el abuelo?

—Sí...

Cortó el último trozo de manzana. Se lo comió él.

—Podría estar bien actuar —dijo finalmente.

Sonreí. Me gustaba su forma de pensar y de preguntar...

Me marché... Deseaba estar lejos cuando mi hermano encontrase los anillos. Todas las fases por las que pasaría al verlos. El odio hacia mí, jamás me lo perdonaría, supongo que aquello sería nuestro fin si no habíamos llegado ya a él.

Pero eso significaba que padre podría tener también el suyo...

Estaba agotado pero feliz. Sólo quedaba ir a casa, vestirlo, disfrutar de ese último día antes del rodaje.

De vuelta a casa sólo podía pensar en aquellas cajas... Deseaba saber qué contenían.

Sería un regalo añejo, con pedigrí. Como aquellos vinos que llevan tiempo guardados en tinajas. Su tinaja era la caja de madera que lo contenía...

Quizá debía ver aquel regalo antes de volver a encontrarme con padre. Unirme nuevamente a madre, saber que había hecho lo correcto.

Llegué a casa y me senté en el banco que había hecho padre. Era la primera vez que lo hacía... Sentí que lo necesitaba. Había sido una noche y una madrugada largas, pero necesarias...

Y allí sentado, mirando el lago, la casa, el campo de fútbol, tuve la sensación de haber vuelto definitivamente a casa.

Abrí despacio el regalo, intentando respirar mucho y que ese instante se hiciera eterno y pudiera ser recuperado en cientos de ocasiones...

Tenía miedo y respeto. Los regalos de madre siempre eran muy especiales y estaban muy bien pensados. Todos tenían una intención...

Cuando lo abrí, sentí una emoción brutal, difícilmente comparable a nada anterior de mi vida... En el interior de la caja había algo parecido a un reloj... Sí, era como un reloj dorado, pero cuando presioné el botón que había en el centro, se abrió y vi que contenía una brújula...

Una brújula preciosa y llena de detalles... Había sido construida con mucha delicadeza.

Me imaginé a madre diseñándola, hablando con su hermano, y a éste creándola. Cada matiz de color me llevaba a una emoción y a una parcela de mi infancia.

Me imaginé que cada una de las otras tres brújulas sería diferente. Jamás repetía nada en su vida.

Me encantaba aquel regalo, pero no comprendí del todo por qué madre me había regalado aquello hasta que vi esas pequeñas letras...

Madre tenía una escritura muy pequeña y con letras muy juntas. Ella decía que era para que no se perdieran, que cada letra se pudiera coger a otra y no tuvieran miedo...

Decía que las palabras valientes necesitan de letras sin miedo... Así era mi madre...

Siempre nos enseñó que las grandes cosas están hechas de las pequeñas... Si cuidas las pequeñas cosas, las convertirás en grandes... Si cuidas sólo las grandes, siempre serás pequeño...

Y allí estaba, su letra pequeña en una inscripción en la parte delantera de la brújula... Ponía...

SONRISAS PERDIDAS...

Y me di cuenta de que la brújula me señalaba a mí.

Sonreí, no pude dejar de hacerlo.

Madre me había regalado una brújula que no buscaba el norte, sino que intentaba reencontrar las sonrisas perdidas, y su manecilla me señalaba a mí, el pozo de las sonrisas perdidas...

Volví a sonreír... La cerré con lentitud... Sabía que a partir de aquel día me acompañaría hasta el final de los míos...

Supuse que en cada uno de aquellos paquetitos habría otras brújulas que señalarían otras carencias que madre se imaginaba que necesitaban buscar mis hermanos...

Sonreí de nuevo y apreté con fuerza mi brújula.

Aún era de noche... Desde allí escuchaba los gritos de dolor de padre... Eso me devolvió a la realidad y a lo que había ido a hacer.

Lo iba a hacer...

Camino a casa, recordé otro momento parecido junto a él. Fue el gran instante que vivimos juntos. Pasó cuando madre se marchó a cuidar de la abuela, que también se moría de su enfermedad... Se llevó al mayor, quizá por ello amaba tanto aquella casa donde vivía... Los gemelos estaban de colonias...

Sólo padre y yo residíamos en la casa del lago... Recuerdo volver del lago y oler el tabaco que salía de su despacho, como marcando territorio, dejando claro que estaba trabajando.

Yo volvía solo con mi pelota de fútbol... Absolutamente solo pero feliz... Ahora lo hacía sin pelota pero con aquella brújula...

Y ya de noche, no podía dormir... Estaba en mi habitación, jugando con una linterna bajo las sábanas cuando él apareció. Se sentó en la cama de mi hermano mayor y me contó una historia...

Siempre tuve la sensación de que no me lo contaba a mí... Tan sólo era la audiencia de una idea que había tenido... La estaba probando... Normalmente era mi madre la afortunada, la persona con la que compartía sus ideas...

Me di cuenta de que quizá aquella era la historia que debíamos filmar, al ser la única que compartimos...

Y eso que en su despacho había miles de libretas con anzuelos de historias... El problema es que aquellas pequeñas frases, esos retratos de personas y esbozos de situaciones, sólo él y su cerebro podían interpretarlas...

Todo aquello se perdería. Era terrible y lamentable...

Cientos de libretas quedarían huérfanas en pocas semanas.

Entré en la casa... La mujer que le cuidaba estaba en la puerta... Me advirtió que estaba peor que nunca... Le dije que se podía ir a cuidar a los suyos... Yo me quedaría con él a partir de ese momento...

Ella no discutió, aceptó quizá demasiado rápido y se marchó a hacer las maletas... Yo subí a su habitación...

Padre estaba gritando medio dormido... Tapado con una única sábana... Y, en ese instante, le conté la misma historia que él me contó hace tantos años...

«Hubo una vez un chico que no tenía amigos... Se sentía solo...»

Así comenzaba su historia... Cuando escuché aquello, no salí de debajo de la sábana. Él tampoco...

Proseguí...

«Pero un verano hizo un amigo, otro hijo único... Se parecían: la misma edad, el mismo corte de pelo, las mismas ganas de soñar...»

Recuerdo que en aquel instante, hace años, padre paralizó la historia y se encendió un puro. Yo iluminado con mi linterna y él con su puro...

«Aquellos dos niños se hicieron amigos enseguida... Se sintieron como hermanos que la casualidad había unido... Y cada día de aquel largo verano quedaban en una piscina de agua cristalina y allí se pasaban el día alejados de los padres...

»Hasta que un día se contaron el gran secreto... ¿Sabes aquel gran secreto que todos poseemos pero que ocultamos?»

Recuerdo que cuando me contó aquello, yo no poseía ningún secreto y me quedé con cara pensativa intentando entender a qué se refería... Ahora noté que era padre quien lo hacía... No me detuve...

«Los dos querían volar, que les salieran alas para marcharse de allí, de aquella vida... Así que decidieron desearlo con fuerza y cada día, antes de meterse en la piscina, se quitaban la camiseta y miraban el reflejo de sus espaldas en busca de las alas...

»Cada uno miraba la espalda reflejada del otro, deseando que le hubiesen crecido...

»Pero no había suerte, no había alas. Pero aquello no conseguía desilusionarlos, sabían que tarde o temprano las alas aparecerían.

»Así que cada día hacían lo mismo: levantarse a las ocho, ir a la piscina, quitarse la camiseta y mirar sus espaldas reflejadas en esa agua transparente...

»Todo el verano lo pasaron igual. Una rutina preciosa que les hacía sentirse especiales...»

Y en aquel tiempo yo salí de mi sábana como padre hizo en ese mismo instante... Aquella historia nos enganchaba con la misma intensidad y en el mismo momento...

Continué con el desenlace...

Padre, antes de contarme el final, me explicó aquel día

que él siempre buscaba finales que merecieran una historia... Cuando tenía un buen final, buscaba una historia...

Y en aquel final que me contó padre pasó del «él» al «yo»... Y supe que aquella historia era personal... O eso quise pensar...

«Y el último día de aquel verano, fui a buscar a mi amigo a su casa...

»Y su casa tenía las persianas bajadas...

»Llamé al timbre y nadie abrió, hasta que vi llegar a su madre de la calle y me dijo que mi amigo había sufrido un ataque al corazón y había muerto.

»No me lo podía creer. Empecé a llorar delante de su madre y no paré en todo el día...

»Mi abuelo me vio y me preguntó qué me pasaba. Se lo expliqué todo y me dijo que no tenía que llorar, que mi amigo había conseguido su sueño. Por fin tenía sus alas, sus alas para volar...

»Y delante de mi abuelo dejé de llorar.

»Y siempre que he recordado a mi amigo, he sonreído... Porque yo sabía la verdad, una verdad que si se la explicara al resto del mundo no me creerían y me tacharían de loco...

»Pero muchas veces a partir de ese día, cuando he mirado una piscina llena de agua hasta los bordes, si me acerco, me parece ver reflejado a mi amigo con sus alas, que me vigila y me protege...»

Cuando padre acabó la historia, mi cara era de alucinamiento... Él estaba feliz, sentí que le encantaba haberme enganchado...

Ahora era padre el que alucinaba, estaba llorando... No sé si aquello era parte de su infancia. No lo sé... No sé si aquel amigo suyo era en realidad su madre...

Cuando él acabó esa historia, recuerdo que me acerqué a él y le dije: «Te están a punto de salir», mientras le acariciaba la espalda...

Él sonrió, supongo que porque le había dado un final mejor...

Mi padre, después de contarle toda aquella historia antes explicada por él mismo, no dijo eso... Sino que pronunció unas palabras que yo no me esperaba... Que me dejaron totalmente helado...

«Consígueme esas alas... No puedo más... Ayúdame a marchar, Ekaitz...»

Había vuelto... Mi padre había vuelto... Pero el espejismo duró poco, justo después de pronunciar aquellas palabras se durmió...

16

NADÉ POR ELLA...
NADARÉ POR ÉL...

Le cuidé todo lo que quedaba de noche...

Fueron tres horas muy duras... Sólo estaba yo para atenderle... Fue terrible ver lo que sufría... Los dolores de padre eran inmensos... Aquella noche no paró de gritar de dolor... Me pasé el resto de la noche sentado al lado de su cama y vigilándole de cuclillas, como siempre que algo me afectaba sin reacción posible...

Acompañaba cada grito de dolor con uno de sus diálogos de cine. Diría que era su medicina... Tras pronunciarlo, su rostro de dolor se convertía en una sonrisa... Tan sólo duraba en su cara un par de segundos y el dolor volvía... Diálogos curativos...

La última sentencia que dijo antes de conseguir descansar un poco fue: «Serás todo lo que quieras ser...». La frase que su madre le escribió en aquella dedicatoria del libro que yo heredé...

De repente lo vi claro... Quizá fue por la forma en que lo pronunció, o tal vez porque tenía todos los datos... Y hay veces en la vida que las piezas tan sólo se colocan cuando estás preparado para comprenderlas.

Mi padre ya no celebraba cumpleaños porque su madre murió en su aniversario. Y supongo que aquel libro se lo regaló a los ocho años... Jamás lo había pensado, pero quizá aquella frase escrita en su último regalo fue realmente su última frase, el epitafio de su madre...

Y quizá cuando me dio aquel obsequio usado no fue un error... No se equivocó al dármelo... Seguramente deseaba cederme el epitafio de su madre, su herencia, cuando yo cumpliera su misma edad...

Lo miré, por fin dormía plácidamente. Habían desaparecido arrugas de su cara o eso me parecía... Supongo que, al olvidar, tenía cada vez menos preocupaciones y eso se notaba en todo su rostro... Estaba mucho más joven que cuando le había vuelto a ver hacía un par de días...

Le acaricié. No recuerdo haberlo hecho nunca antes...

Sonrió cuando lo hice... Hasta que volvió a gemir de dolor... El puto cáncer le causaba sufrimiento... Un sufrimiento que rápidamente desaparecía. El cabrón del alzheimer se lo hacía olvidar y una cara de relajo y placer aparecía... Así de manera cíclica...

Le observé atentamente mientras seguía acariciándole... Placer y dolor se mezclaban en su rostro... Era difícil aguantar mucho tiempo mirando aquello sin sentir su propio dolor...

Me sentía tan inútil... Nada podía hacer para evitarle

ninguno de los dos sufrimientos, el que le provocaba dolor y el que le hacía olvidarlo...

Desde pequeño padre me había inculcado el poder de la preparación. «Si preparas bien lo que debes hacer, todo saldrá perfecto», decía... Y supongo que por eso le salían tan bien sus películas, porque todo aquello lo aplicaba en sus rodajes...

Yo no tenía ninguna información sobre su enfermedad... Me faltaban los datos para poder acometer y solucionar aquello.

Debía ir a ver a su médico... Vivía en el otro lado del lago, en el sector norte... No había vuelto a visitar su casa desde que madre murió...

Aquel día fui nadando, cruzando aquel lago en diagonal... Lo hice porque necesitaba ganar tiempo y llegaría antes que bordeándolo corriendo...

Nunca llegué a casa del médico... Me quedé en mitad del lago llorando, aumentando su caudal...

Nunca había vuelto a meterme en aquel lago... Como si el agua fuera parte de mí... Mi ADN yacía en ese lago... Pero era la parte de mí más dolorosa, menos aceptada... El trauma de mi infancia más profundo...

Sabía que debía volver allí... Nadar...

Nadé por ella... Nadaré por él...

Debía rehacer aquel camino de dolor y muerte que, quizá ahora, podía ser diferente y llenarme de plenitud...

Lo tapé con una manta y me marché...

Deseaba creer que él no despertaría, deseaba pensar que la madre que residía dentro de aquel lago me protegería... Deseaba no pensar en las frases que me había dicho tras el cuento...

17

EL RETORNO ES LO MÁS DURO...

Cogí la linterna que siempre presidía el porche y me encaminé rumbo al lago. El caminito que conducía hacia allí siempre estaba repleto de hojas, era como su piel...

Hojas que crujían como si saludaran mi presencia justo antes de que se hiciera de día...

Tuve la sensación de que me observaban. Como si me conocieran de pequeño pero mi nueva altura, peso y edad les sorprendieran...

Su sonido era más hondo debido a mis nuevas circunstancias...

Me dediqué todo el camino a entablar una conversación con aquellas hojas... Yo pisaba con fuerza y ellas emitían sonidos diferentes... Sentí que hacía mucho tiempo que no jugaba, que no creía en la irrealidad...

Poco a poco, crujido a crujido, se fue creando una melodía. Sentía como aquella naturaleza era el entorno vital de mi infancia.

Al llegar a la orilla del lago, tardé unos segundos en

contactar con el agua. Dentro de mí resonaba aquella frase pensada a los pies de su cama... Nadé por ella, nadaré por él...

Me desnudé... Sería la segunda vez en mi vida que nadaría sin ropa. Que superaría mi complejo, que mostraría al Universo mi defecto, mi conducto hacia el alma... No sentía vergüenza, era lo que debía hacer...

El agua estaba congelada, pero no sentí repulsión. Era la temperatura ideal para aquel instante, la que mi cuerpo necesitaba...

En dos segundos estaba dentro, nadando a crol... A ritmo rápido, constante...

Mi madre sólo nadaba a braza... «Me encanta hacer corazones», me decía... Ella me enseñó así a nadar a braza... Haciendo corazones, amplios, muy amplios...

Sentía que nadaba con ella, con la parte de ella que residía en el lago... Yo a crol, ella a braza...

Ella nos había inyectado toneladas de pasión positiva y amor, y todo aquello había naufragado en nosotros por los gramos de odio que sentíamos hacia padre...

El mundo no debería ser así, no debería pesar tanto lo que no tiene valor...

Cada brazada pensaba en aquello... Notaba que aquel odio había cegado mi personalidad.

Pero poco a poco fui olvidando aquellos pensamientos, fueron marchándose de mi mente... Tan sólo nadaba. Me sentía tan bien nadando...

El agua congelada enfriaba todo mi odio acumulado. El sonido del agua me estabilizaba. Creo que dentro de mí sentía algo parecido a la felicidad.

Y, de pronto, nació en mí una de esas sonrisas inmensas que mi madre guardaba en puños cerrados.

Y así hice toda aquella travesía... A ritmo constante y sonriendo.

No me preguntéis cuánto tardé, no os lo sabría decir. Por primera vez en años, el tiempo no monitorizaba mi mente.

Me sentía poderoso, enérgico, veloz... Jamás me había sentido así...

Cuando divisé la otra orilla, nadé con más fuerza. Me vacié... No sentía cansancio ni dolor...

Al tocar la otra orilla, el cansancio apareció de golpe. Fue como una fiebre repentina.

Justo al lado de la orilla había una toalla blanca. Supuse que el doctor había divisado mi proeza.

La até a mi cintura y me dirigí a su casa. Una pequeña ventana redonda e iluminada se convirtió en mi faro.

Entré y había un fuego y un tazón de leche caliente esperándome. Ni rastro del doctor, aunque debía de estar cerca...

Decidí gozar del instante. No sé cuánto hacía que no lo disfrutaba.

Disfruté del fuego, de la leche caliente y del sentirme sin ropa y sin ningún objeto que me identificara... Tan sólo aquella aséptica toalla blanca me cubría... Ya no sentía ninguna vergüenza en mostrar mi disparo... Me sentía bien con él...

Permanecí tiempo disfrutando de mi propio silencio hasta que el médico apareció...

No dijo nada, se sentó cerca de mí... Creo que comprendía a qué había ido y que aquello necesitaba tiempo...

Sabía que me tocaba a mí romper aquel silencio... Él no me miraba...

Es curioso la gente que has visto hacerse mayor ante tus ojos... Cuando eres pequeño parecen inquebrantables, de una pieza... Y con los años te das cuenta de que no son irrompibles, les ves las fisuras...

Había envejecido bastante. Sobre todo lo notaba en sus ojos, pero aún conservaba aquel porte regio y sobre todo aquel olor a colonia. Esa loción extraña que desprendía y que nunca más había vuelto a notar en otro ser humano. Su olor me devolvía a la muerte de mi madre.

Siempre que su habitación olía a aquella fragancia tan intensa era porque el médico la había visitado. Su olor nos hacía presente su enfermedad... Siempre he odiado esa colonia, pero ahora la encontraba entrañable. Era de las pocas cosas que permanecían inalterables desde la muerte de madre.

—De joven cada día cruzaba el lago... Me gustaba —dijo adelantándoseme—. Mi padre me dejaba una toalla blanca, leche caliente y un fuego encendido. Nunca nos dijimos nada. Yo no se lo agradecía, él tampoco me pedía que lo hiciera.

Supuse que el doctor deseaba el mismo trato... Así que tampoco se lo agradecí... Cuánto deseamos parecernos a nuestros padres aunque lo neguemos...

—Al principio nadaba por mí, porque sentía placer en ponerme a prueba. Al final, nadaba por él... Y por el fuego, el tazón de leche... Sólo en esos instantes sentí que me cuidaba... —añadió.

Bebió un poco de su leche... Traumas de la infancia, pensé... Aproveché el instante de silencio...

—¿Qué le espera a mi padre?

Nuestras miradas se cruzaron.

—Dolor, mucho dolor. La semana feliz se acaba.

—¿La semana feliz?

—¿No te lo ha contado la enfermera? —preguntó.

Negué con la cabeza.

—Esta semana que ha vivido la llamamos la semana feliz... Es una semana extraña en la gente que tiene alzheimer, están medio lúcidos... Es su última chispa de vitalidad... Después todo acaba... Todo se olvida... —Hizo una pausa, como no queriéndolo decir—. Mañana acaba su semana, lo siento...

Esta vez fui yo el que bebí. Decidí apostar por el otro camino...

—¿Y el cáncer que tiene no se puede operar?

—Tu padre se enfrenta a dos enfermedades diferentes y ninguna de las dos tiene curación... El cáncer es terminal... Le espera mucho dolor, lo siento... Pensaba que lo sabías...

Se creó un silencio eterno... No quería preguntar nada más, no deseaba saber ninguna otra cosa... Me sentía tan ignorante... Sabía que estaba gravemente enfermo, pero no pensé que todo fuera tan rápido...

Él notó toda mi angustia y, no sé por qué, pero me llevó a mi pasado...

—Te vi cruzar el lago cuando murió tu madre. Sabía a qué venías. Noté el dolor en cada una de tus brazadas...

Le miré. Había una parte de mí que todavía le odiaba, que le culpaba de la muerte de mi madre. Otra parte de mí, la adulta, comprendía que seguramente él no había podido hacer más...

—Madre no merecía morir, creo que no nos ayudaste suficiente —me sinceré.

La parte del niño había predominado. Sólo dije eso, creo que resumía todo lo que sentía.

No sé por qué dije lo siguiente...

—Hoy padre me ha pedido que le quite el sufrimiento, que le dé alas para marcharse de aquí... ¿Me podrías ayudar?

No sé por qué pronuncié aquello, pero es lo que sentía. Supongo que era la razón por la que había ido allí, por la que había nadado...

—¿Él quiere que le ayudes a morir? —me preguntó con el rostro serio.

—Sí, esta noche me ha llamado por primera vez por mi nombre, me ha reconocido y me lo ha pedido...

Él se levantó sin decir nada más... Volvió a los pocos minutos con un pequeño cofrecillo. Me lo dejó al lado de la leche.

No me dio instrucciones, no me explicó qué dosis utilizar, tan sólo dijo algo que jamás esperé escuchar...

—Hace tiempo tu padre me pidió lo mismo... Hace tiempo hubo alguien que tampoco podía soportar más dolor...

No dijo nada más... No dio más detalles... No sé por qué me lo contó...

Me enfadé mucho al escuchar eso, me levanté y me marché...

Ni me despedí...

Dejé la toalla en la orilla y volví nadando, en la mano llevaba aquel minúsculo cofre hermético...

Nadé a toda velocidad. No quería pensar, no quería dedicar un segundo a aquella última frase que aquel médico había pronunciado...

Me costó... Como siempre en la vida, el retorno es lo más duro...

Amaneció a mitad de trayecto...

18

ABOLLADURAS COMPARTIDAS QUE DAN VIDA

Cuando llegué, tomé una ducha caliente... Padre dormía y chillaba... No había ni toalla ni leche ni fuego esperándome...

Estuve en la ducha hasta que logré que mi cuerpo tuviera una temperatura aceptable. Intentaba no dar valor a lo que el doctor me había contado, pero supongo que toda familia tiene sus secretos y la nuestra no iba a ser una excepción.

Padre irrumpió en el lavabo cuando estaba a punto de salir. Le noté feliz, su sonrisa presidía su cara de una forma extraña.

—Has madrugado —dijo tocando mi espalda húmeda.

Jamás, que yo recordara, padre había tocado mi carne. No sabía si al nacer lo había hecho, pero más tarde jamás...

—Un poco. —El secreto me tenía un poco lacónico.

—Hoy es el día de reflexión —comentó sonriendo.

—¿El día de reflexión?

—¿Antes de cada rodaje... El día de reflexión? —Me miró extrañado de que yo no lo recordara.

—Claro, claro... —asentí.

—Deberíamos hacer alguna locura. Siempre se hacen en el día de reflexión. Nos esperan doce semanas de rodaje...

Sonrió. Tenía algo en la cabeza. Una locura inicial.

—¿Te has bañado alguna vez desnudo en el lago? —me preguntó.

Sonreí. A los pocos minutos estábamos nadando nuevamente en el lago. Lo disfruté de otra forma. Tantas cosas son diferentes en la vida al compartirlas...

Él estaba feliz. Una felicidad casi extrema.

Mientras nadaba intenté recordar algunos otros días de reflexión cuando rodaba películas. Seguro que alguno había visto...

No recuerdo que jamás compartiera ninguno con nosotros. No hubo muchos domingos locos en casa. Pero al final la memoria me devolvió uno que casi había olvidado.

Cuando tenía quince años volví con el coche abollado a casa. Estaba preocupado porque era el coche de padre...

Él estaba con su ayudante de dirección en el porche cuando llegué. Diría que ellos estaban igual o más bebidos que yo. Quizá aquel podría ser un día de reflexión, porque recuerdo que su sonrisa era bastante parecida a la que ahora tenía.

Me miró aparcar, observó el coche, la abolladura en el lateral y se acercó a mí.

Tenía miedo... Me imaginaba que el castigo sería épico... Le había robado y abollado el coche, era menor de edad y además estaba bebido...

Él no dijo nada durante un tiempo que me pareció eterno. Tan sólo observaba. Hasta que finalmente me miró y dijo...

—Una noche loca, ¿no?

Yo no dije nada, pensé que cuanto menos dijera, más a mi favor. Tan sólo musité...

—Lo siento...

Él cogió un rastrillo que había cerca y golpeó el otro lado del coche. Un bollo diametralmente opuesto al mío.

—Las abolladuras dan vida... Ahora es vida compartida en una misma noche...

Me tendió una cerveza y continuó hablando con su eterno ayudante de dirección...

Dos semanas después de aquella abolladura, madre enfermó. Aquella abolladura emocional nos modificó a todos.

Los gritos de padre en el lago me devolvieron al presente... Su rostro reflejaba pérdida total...

Nuevamente había olvidado dónde estaba, quién era y yo diría que hasta creía que no sabía nadar porque se ahogaba al tiempo que no dejaba de gritar...

Los chillidos eran diferentes... Nacían de un rostro que parecía darse cuenta de que todo se le ha ido, que se le ha hecho oscuro... Pero que algo dentro de él aún intuye quién fue...

Temblaba mucho y no era sólo por el frío...

Lo cogí, nadé y lo saqué como pude del agua. No sé ni cómo lo hice porque parecía que pesaba cuatro veces más que yo.

Estaba sin conocimiento. Desnudo. Sus facciones totalmente serenas. De repente me di cuenta de que no sabía por qué lo había hecho. Él deseaba morir y me lo había pedido, pero había aparecido en mí un instinto brutal de supervivencia.

Lentamente volvió. Como un ordenador que se reinicia...

Sabía, como había dicho aquel médico, que la semana feliz acababa...

Le ayudé a levantarse. No comentó nada de lo que había pasado. Yo tampoco...

Pero mientras volvíamos a la casa me habló... Creo que lo necesitaba... Necesitaba sincerarse... Y era él quien me hablaba... Mi padre... Claramente... Sin tapujos, sin finales de cuento a su alrededor...

—¿Sabes lo peor? Ver ése fundido a negro... Noto cómo todo se va... Lo percibo y me da tanto miedo... No quiero olvidar a tu madre, ni a ti, ni a mi cine, ni mis errores, ni mis propios miedos... No permitas que pase... No permitas que todo se vaya, déjame irme con ello...

Seguidamente se volvió a desmayar. Cuando volvió, él ya no estaba...

Supe que la semana feliz llegaba a su fin... Y me di cuenta de que me tocaba a mí llevar la iniciativa... Así que propuse una locura... Bueno, más que una locura, era un lugar... Un lugar donde yo me había sentido bien y sabía que él también se sentiría...

—¿Quieres ir a un hotel donde por las noches un anciano escribe citas para hacerte reflexionar?

Asintió. Noté que había algo en aquella propuesta que le había ilusionado, aunque ya no quedaba nada de él...

19

NO ES QUE NO TENGA
NADA QUE DECIRTE,
SINO QUE YA
TE LO HE DICHO TODO...

El hotel estaba a casi seis horas de casa. Todo el trayecto estuvo en silencio, yo también...

Hay veces en la vida en las que has agotado cualquier combinación de palabras con otro ser... Y no es que no tengas nada que decirte, sino que ya te lo has dicho todo...

Llegamos casi cuando oscurecía. Aquel pueblo pesquero era tan bonito...

—¿Tienes hambre, padre?

Padre no dijo nada, pero yo deseaba que aquella cena fuera especial. Padre era fan de los mejillones. El único viaje al que le acompañé fue a Bruselas y allí se comió seis platos inmensos de mejillones.

Fue un viaje para localizar un matadero. No sé por qué me llevó. Yo tenía ocho años, todo está difuso en mi mente. Diría que le entusiasmó aquel matadero, creo que era justo lo que buscaba porque cuando salió estaba pletórico...

Por eso lo quería celebrar con una comilona. Recuerdo que comentó que nada le hacía más feliz en este mundo que los mejillones con patatas fritas. Yo no comí, en aquellos tiempos hacía lo contrario de lo que él proponía.

Dicen que lo último que se olvida es el gusto.

En el mejor restaurante de aquel pueblo pesquero, cerca del hotel, pedí un plato gigantesco de mejillones y patatas fritas.

Cuando lo vio llegar, su rostro no se modificó. No había energía en él desde el instante en que tuvo su última epifanía después del desmayo.

Pero cuando comió el primer mejillón, su rostro se transformó totalmente. Fue como darle una neurona extra, como darle fuerzas...

Poco a poco, algo de él volvía con cada mejillón que comía... Allí, cerca del mar, comiendo mejillones con patatas, me sentí muy próximo a él.

Y esta vez yo comí junto a él, en esta ocasión deseaba empatizar con su pasión. Y hasta hubo como una pequeña competición. Ambos luchábamos por comer más que el otro. Diría que padre estaba juguetón.

Cuando acabamos el inmenso plato, pedimos otro, y más tarde un tercero.

Cuando acabó el último, me miró y recordó... Volvía... Levemente volvía... Aquella cena le había revitalizado un poco...

—Como el día del matadero... —dijo en un tono muy bajo—. Quedó bien aquel matadero en la película, ¿verdad?

Y me sinceré, no sé bien por qué.

—Nunca he visto ninguna película tuya, padre.

Su rostro se entristeció como nunca lo había visto. Al fin y al cabo, el cine era toda su vida, sus hijos predilectos, su respiración construida a treinta y cinco fotogramas de velocidad...

—¿Por qué? —me preguntó.

Sonó tan lacónico... Y justo en aquel instante, la tramontana se alzó como deseosa de una respuesta. Fue como si el Universo se aliara con el lamento de aquel hombre.

—Te odiaba. Te odiaba a ti y odiaba a tu mundo. El cine nos separó de ti. Ningún hijo quiere conocer a la amante de su padre.

El camarero rompió el clima cuando preguntó por los postres.

Nos salió al unísono la respuesta.

—Mejillones a la brasa —dijimos a dúo.

Y nos tomamos la cuarta ración de mejillones.

—Me gustaría que la conocieras —dijo él al acabarse el último.

—¿A tu amante?

—A mi amante... A mi cine... A mi mundo... Vosotros estáis allí... No sé si jamás podré volver a verlas contigo... Ver tus reacciones sería un regalo... Un regalo que quizá no me merezca, pero ¿no son así todos los buenos regalos...? Que no te los mereces...

Se hizo un silencio. La tramontana dejó de soplar, deseosa de que el único sonido que escuchase fuese mi leve sí.

Supe que era el momento de preguntarlo. De sincerarse...

—«Serás todo lo que quieras ser» fue el epitafio de tu madre, ¿verdad?

Asintió. La segunda pregunta no sería tan fácil.

—Nadie robó aquellos anillos, ¿verdad?

Negó con la cabeza. Me enseñó su dedo pulgar y, bajo el inmenso anillo que él siempre portaba, escondidos, estaban los otros dos juntos, siempre juntos...

La tercera cuestión sería la más difícil y complicada.

—Todo aquello, los anillos, los castigos, el prohibirnos verla fue para darle a madre su salida digna, su escapatoria al dolor sin nosotros de por medio...

Puse el pequeño baúl sobre la mesa. Lo reconoció al instante. Lo recordó...

Sabía que aquellos eran nuestros últimos instantes como padre e hijo. Después, como había dicho el doctor, se apagaría y ya sólo habría dolor.

Cogió el baúl, lo olió.

—Aún huele a tu madre. Ella lo sujetó entre sus manos mientras... —Hizo una pausa—. No fue fácil, fue lo más difícil de mi vida... Durante meses me lo suplicó y yo finalmente...

Hizo otra pausa muy larga, como buscando aquel verbo que definiera lo que hizo.

—... cedí... Ella os quería lejos aquel día... Ella me hizo

prometer que jamás os lo contaría. Aquel final no era digno de aquella gran mujer... Pero, ¿sabes qué me convenció?

No pude responder con palabras. Tener a mi padre como nunca antes lo había tenido me emocionaba y me dejaba sin palabras... Tan sólo mi mirada inquisitiva fue mi respuesta...

—Ella me dijo: «¿Cuánto dolor ha de soportar alguien para que se le considere valiente? Mi cupo está desbordado. Cinco años de dolor intenso... Si esto no es ser valiente...».

Hizo una nueva pausa. Supe lo que iba a decir antes de que lo pronunciara...

—Yo no soy tan valiente como tu madre...

Me devolvió el cofre... Bueno, más que devolvérmelo, me lo depositó en la mano y seguidamente me puso los dos anillos de madre en el índice.

Y después de aquello, padre se silenció. Se silenció como si aquel secreto fuera un conducto que necesitara limpiar.

Supe que nunca más tendría a padre conmigo. Supuse que aquel secreto era lo que más había luchado por no olvidar, y necesitaba que alguien lo tuviese antes de perderlo. Y al hacerlo, al donarlo, su lucha había cesado... Había batallado porque aquella puta enfermedad no le arrebatase aquello...

Ahora sentía cómo las dos enfermedades acechantes podían atacarle libremente.

Pero su rostro era sereno, sin temor a lo que le esperaba. Disfrutaba de la salsa de aquel postre a la brasa.

Lentamente, sin prisa, diría que aquel sabor, el recuerdo de su plato favorito, era lo que todavía le mantenía cerca de mí, cerca del mundo que conocía...

Decidí hacer algo que debería haber hecho hace años. Lo hacía por él y lo hacía por mí.

—¿Vemos tu primera película?

Jamás le había visto sonreír más. Estaba pletórico. Hasta que la duda le surgió.

—¿Cómo?

—De la mejor manera posible —respondí.

Pagué, le ayudé a levantarse, nos dirigimos al coche y desde ahí a un cine al aire libre que sabía que había cerca de allí.

Saqué del coche todas las viejas películas que su ayudante de dirección me había dado y convencí, previo pago, al proyeccionista para que nos las pasase y que nadie nos molestase.

Pagué mucho, pero poco comparado con la experiencia que iba a obtener.

Colocamos el coche en medio del descampado. Un altavoz a cada lado. Saqué también el viejo whisky que Voy me había dado y serví una copa para cada uno.

Cuando su primer film empezó, se emocionó mucho.

Yo sabía que aquel visionado no era tan sólo el último que él recordaría, sino también el primero juntos.

Vimos su primera película. Era emocionante, vibrante. Verla junto a él, notar cómo todos sus miedos estaban allí incrustados...

Imagino que en las primeras obras está la esencia de quien eres y de tu mundo.

Sus ojos estuvieron cristalinos y acuosos durante toda la proyección. En algunos momentos, las lágrimas recorrían sus mejillas; en otros instantes, sus manos apretaban con fuerza las mías.

Acabamos la botella de whisky entera, trago a trago, a ritmo con el metraje.

Y de repente apareció madre... Sin frase, sólo retratada al lado del protagonista, con su felicidad y su magia.

Y no pude más. Lloré, derramé todas las lágrimas que hacía años guardaba dentro de mí.

Ella sonriendo, fingiendo ser aquel personaje que se topaba con el protagonista en aquella librería... Estaba radiante, hermosa, increíble...

Padre la había filmado tan bella... Supongo que el amor se transmite en cualquier medio audiovisual... Aún más, diría que se potencia...

Le miré y él también lloraba. Creo que la amábamos y la añorábamos con la misma intensidad...

Cuando la película finalizó, los créditos aparecieron. Y al final de todo, aquella frase, aquel canto, aquel consejo eterno apareció...

«Dedicada a mis hijos, que no olviden que serán siempre todo lo que quieran ser...»

No tenía ni idea de que nos la había dedicado. Jamás nos lo había contado...

Cuando finalizó, él ya no estaba... Se había ido con la película, con su visionado... Tan sólo dijo...

—Bonita película. ¿Quién la ha dirigido?

A mi lado volvía a estar aquel ser que creía que mañana comenzaríamos el rodaje de su nuevo film.

—Deberíamos ir a descansar, mañana será un día duro —añadió.

Ahí estaba aquel hombre que no recordaba que yo era su hijo. Aquel ser, mezcla del que fue y del que había sido.

Afirmé y conduje hacia el hotel.

—Haremos una gran película... —dije.

También deseaba despedirme de aquel otro ser...

—Lo sé... —musitó.

—¿Con qué secuencia desea empezar?

—Con el final —respondió.

—¿El final? —indagué.

Me sentía borracho en ese instante. Creo que las lágrimas habían retrasado el efecto del alcohol en mis venas, pero lo estaba, y creo que él también.

Me sentí mal: jamás mezclaba coches y alcohol. El recuerdo de mi mujer apareció junto a mí.

La amaba tanto. Me había apartado tanto del mundo desde su marcha.

—¿Qué final? —volví a preguntarle.

Sabía que no me contestaría. No tenía ningún guion en mente... Pero no fue así, creo que el alcohol le envalentonaba.

—Cuando él se marcha y su hijo le deja ir... El final...

No dijo nada más.

Llegamos al hotel, el hotel donde los domingos aquel conserje escribía citas vitales. Prometí volver en domingo siempre y deseaba cumplirlo el resto de mi vida.

Sabía que aquella localización era genial para el final, para nuestro final... La segunda localización que escogíamos juntos tras el matadero... Pedí una habitación doble...

Al entrar, fui directo al cojín.

Y aunque habían pasado unos años, allí estaba la frase, la cita dominical que sabía que tendría la respuesta a todo.

Saqué la anterior, la releí...

> Y si los que mueren... Han descubierto una verdad...
>
> Una verdad sobre el amor, sobre la amistad, sobre ellos... Y nosotros somos ignorantes...
>
> Quizá es ése el sentido de esta vida, todos somos ignorantes que ignoramos cosas diferentes hasta que desaparecemos... El conocer la verdad nos permite marchar...
>
> ¿No podría ser así...?

La verdad y la muerte... La verdad que obtienes... Se la pasé a padre, la leyó en silencio. Ya no sé quién la leía, si quedaba parte de él allí.

Se estiró en la cama, se encontraba agotado. La batalla llegaba a su fin.

Leí la nueva cita, la que acababa de extraer del cojín. Sabía que sus palabras me guiarían, o eso esperaba. Aunque en aquella ocasión era un mensaje corto, tan sólo siete palabras...

> Las grandes decisiones fueron tomadas hace años...
>
> *7 de noviembre*
>
> A.

Y era cierto, aquella decisión era fruto de toda una vida junto a él.

Padre me dio instintivamente la mano y yo se la cogí. Saqué el contenido del cofre. Lo puse en agua... Le di el cofre, él lo cogió y lo olió.

Lloré, sentía su dolor en mí, pero también notaba su confianza. Era su final y su inicio del rodaje. No hacía falta ningún diálogo, no necesitábamos nada más.

Antes de beber me miró y me susurró...

—No hagas como yo... No los abandones a todos... Vuelve al mundo.

Y seguidamente su puño se cerró y me miró. Conocía el secreto de madre, no lo esperaba. Lo abrió y sonreí mientras las lágrimas se derramaban de mis ojos.

Yo cerré el puño y ahora fue él quien sonrió...

Fue su última sonrisa, su última respiración... No llegó a beber lo que le había preparado, no hizo falta... Estar junto a él, ayudarlo, fue el final que necesitaba... El fin que merecería una historia...

Se marchó... Se marchó lentamente apretando aquel cofre... Me quedé junto a él. Había cumplido la promesa de madre...

Y ahora cumpliría la de padre... Su dolor me había liberado del mío... Así como mi mujer superó el suyo gracias a saborear el de aquel escritor maestro, yo había hecho lo mismo al observar el de mi padre... Su dolor había consumido el mío... Volvería al mundo. Volvería a jugar y a luchar... Crearía mi propio archipiélago de sinceridad...

Llamé a casa, la que no tenía duda de que sería mi casa dentro de poco si ella me quería...

Le pedí a la mujer de mi hermano que pusiese a las gemelas al teléfono y les susurré: «Seréis todo lo que queráis ser... Lo seréis y yo estaré allí...».

Pensaba ocuparme de ellas de nuevo y también deseaba rodar aquella película inexistente al día siguiente, realizar el último sueño de mi padre.

Mañana volvería al mundo... Y el mundo se amoldaría, me dejaría entrar y lograría que se modificara.

Y es que cuando vuelves, tu fuerza es la suma de muchas otras.

Tuve un mareo y me desvanecí noventa segundos...

Hacía años que no los tenía... Noté que eso significaba que madre estaba también conmigo...

Me había reiniciado...

Había vuelto...

Miré a padre, me miré a mí... Al fin y al cabo, no cambiamos tanto...

Decidí que yo también me permitiría ser todo lo que quisiera ser...